JAMES LINS

O playboy que não deu certo

MARIO
PRATA

JAMES LINS

O playboy que não deu certo

Planeta

Revisão: Vivian Miwa Matsushita
Diagramação: Triall
Capa: Silvana Mattievich
Imagem de capa: © Roy Bishop / Trevillion Images

Dados Internacionais de Catalogação na Publicação (CIP)
(Câmara Brasileira do Livro, SP, Brasil)

P924j

Prata, Mario, 1946-
James Lins (o playboy que não deu certo) / Mario Prata. – São Paulo: Planeta do Brasil, 2013.
192 p. : 21 cm

ISBN 978-85-7665-994-5

1. Ficção brasileira. I. Título.

12-7685. CDD: 869.93
CDU: 821.134.3(81)-3

22.10.12 26.10.12 040046

2013

EDITORA PLANETA DO BRASIL LTDA.
Avenida Francisco Matarazzo, 1500 – 3º andar – conj. 32B
Edifício New York
05001-100 – São Paulo – SP
www.editoraplaneta.com.br
atendimento@editoraplaneta.com.br

Sumário

Capítulo 1

A condenação e a infância

Meu amigo de infância James Lins, na verdade José Augusto Magalhães Esteves Soares (J.A.M.E.S.), foi condenado, na semana passada, a 268 anos de prisão. Sua mãe, dona Lila, já octogenária, na saída do Fórum, encharcada de lágrimas e amparada pelas sobrinhas (os filhos de James Lins não compareceram, proibidos pela mãe, a primeira esposa, Nicinha), só conseguia balbuciar um "meu filho é inocente, meu filho é inocente". Não foi o que decidiu o júri. Dona Lila está em estado de coma no Hospital Albert Einstein. E James na Penitenciária do Estado, sabe-se lá em que estado.

Assisti a todo o julgamento, que durou mais de 30 horas. Como amigo, como curioso, como jornalista e, principalmente, como escritor. Sempre achei que o fim dele seria por aí, trágico. Algumas vezes nos encontrávamos na noite de São Paulo. Cada vez, ele tinha um plano mais fabuloso. Alguma vítima ou vítimas em observação. Acostumado a falar em dólares, andar em carros importados. Sempre desconfiei que as coisas iam acabar mal.

Apesar de ser um golpista de segunda, eu gostava do James. Gosto ainda. Dizem que as verdadeiras amizades a gente faz é na infância.

James Lins, coitado, não teve como se defender de várias acusações. As provas eram evidentes. A imprensa já havia divulgado o caso, alardeando a frieza do ex-*playboy* condenado, nascido em Lins, interior de São Paulo, nos anos 40, filho único de um honestíssimo fiscal (seu Júlio) da Coletoria local e da pia dona Lila, que agora sofre desacordada. Filho amado, idolatrado, num dos poucos golpes que deram certo em sua vida, deu um sítio para o pai, lá no interior. Dona Lila, feliz, nunca soube de onde veio o dinheiro. Do Paraguai. Não posso deixar de dizer que James Lins sempre teve um coração muito grande. Mas quando odiava uma pessoa, era como se não corresse mais sangue pelas suas veias. De uma frieza mórbida, como disse o advogado de acusação.

Na saída da sala de julgamento, ele me olhou, deu um sorrisinho amarelo. Mas inconfortável e envergonhadamente algemado, conseguiu ainda dizer para a Teka (seu primeiro, único e eterno amor), agora com quase 50 anos, que chorava abraçada a mim: "Até um dia, Teka". Nessa noite,Teka dormiu lá em casa. Dormiu, não, desmaiou em cima da garrafa de JB que entornamos juntos, em cima do carpete.

"*Playboy* dos Jardins condenado a 268 anos", foi a manchete dos jornais. Teria sido James Lins o último *playboy* do Brasil? Desde pequeno fã do Ronaldo (aquele do caso Aída Cury), sempre gostou de óculos escuros, que, aliás, ficavam muito bem nele. James tem quase um metro e noventa, é magro. Está bem mais magro do que quando foi preso há um ano, no dia seguinte aos seus crimes. Magro e abatido, cabelos curtos, diferenciando-o bastante daquele amigo de topete James Dean que fazia questão de usar até hoje. Cabelo pintado de um marrom esquisito. Quando James Dean morreu, ele assumiu o nome e toda a juventude transviada do jovem ídolo. "Assim caminha a humanidade" era a frase preferida dele. "Vidas amargas", eu diria.

James Lins foi, poderíamos dizer, um *playboy* que não deu certo. Esforçado no seu trabalho à margem da lei, simpático, mulherengo e, é claro, mentiroso. Há muito tempo que não tinha mais a companhia de grandes mulheres, loiras oxigenadas de vida duvidosa, com quem ele tanto gostava de desfilar. James Lins estava em evidente decadência sexual havia alguns anos. Andava com caixas do Bradesco, pacoteiras do Seven-Eleven. Mas não era isso que dizia aos amigos: um avião. Toda mulher que saía com James Lins, na versão dele, virava um avião.

James Lins começou a não dar certo já na mais tenra, distante e tranquila infância interiorana, quando Juscelino começava a criar um Brasil moderno. Conseguiu a proeza de ser expulso do jardim da infância.

Chegou mais cedo da escola, que ficava na frente da casa dele, com um bilhete da dona Ivone para seu Júlio e dona Lila:

> O José Augusto só volta a frequentar a escola no dia em que ele aprender que a régua não foi inventada para se bater na cabeça dos colegas.

Com muito custo o seu Júlio, amigo do diretor do Grupo Escolar Don Henrique Mourão, conseguiu convencer a professora de que o filho iria se emendar. James Lins voltou à escola e foi reprovado logo no primeiro ano primário. Já metido a espertinho, na cartilha estava escrito: "A babá lava a barriga do bebê". E ele lia: "A empregada tá dando banho no moleque", como se fosse a mesma coisa.

Foi uma dificuldade a alfabetização do menino, que desde então já era mais alto que todos os colegas. Daí a facilidade de acertar a cabecinha dos colegas com sua régua de madeira.

Já tinha uns oito/nove anos, quando dona Lila viu ele entrar no quarto de despensa, anexo à casa, com o amigo Edgarzinho. Ficou de campana na janela da sala. Esperou um pouco, James Lins e Edgarzinho fecharam a porta e as janelas. Suspeitas gerais. Dona Lila, esta católica mais que praticante, fez o sinal da cruz e resolveu ver o que os meninos faziam lá dentro. Abriu a porta de supetão. Ninguém. No fundo do quarto, havia um armário grande, vazio. Mais de supetão ainda, abriu a porta do armário. O que viu mudou sua vida. Sua vida nunca mais foi a mesma. Viu o Edgarzinho, filho de uma sua grande amiga, digamos, possuindo o seu augusto filho. Mas James, com uma rapidez de bandido ferido, que iria caracterizar toda a sua vida, respondeu incontinenti:

– Mas eu comi primeiro.

Dona Lila rezou nove novenas naquela noite. Não teve coragem de contar nem para o marido a insólita cena. Mas o padre Agenor ouviu tudo atentamente no confessionário e mandou chamar James Lins. James Lins foi e negou. Disse que a mãe andava tendo estranhos sonhos acordada. Mas mesmo assim pegou uma penitência de dez Padre-Nossos e cinquenta Ave-Marias. Rezou apenas um Padre-Nosso e duas Ave-Marias e seguiu vivendo.

Esse caso está aqui contado porque talvez tenha sido a primeira vez que James Lins teve contato sexual com homem. Talvez a última. James Lins sempre foi machão e machista. Até que aconteceu tudo aquilo que o levaria para o banco dos réus. Durante o julgamento, dona Lila deve ter-se lembrado daquele distante dia em 1950. De noite, na cama, seu Júlio chorava a derrota dos brasileiros para os uruguaios em pleno Maracanã. Dormindo, seu Júlio deve ter balbuciado algumas vezes as palavras Obdúlio e Gighia. Ao seu lado, olhos pregados numa mosca no teto, dona Lila passou a noite a repetir: Edgarzinho, Edgarzinho. Uma bola passou por baixo do corpo do goleirão Barbosa, outra por baixo do corpo curvado de seu filho que, havia menos de um ano, fizera a Primeira Comunhão. No criado-mudo, ela olhava a foto de José Augusto, ajoelhado, olhar no infinito, diante de um Cristo de papelão a colocar uma hóstia na sua língua esticada e faminta. Duas lágrimas paralelas rolaram.

Com muita dificuldade, James Lins ia fazendo o ginásio. Especializou-se em colas fabulosas. Com uns 12 anos, conseguia não só inventar tipos diferentes de cola, como vendia o *know-how* para outros alunos. Só em redação se dava bem. Tem muita imaginação esse menino, dizia o padre salesiano Ezio Morgani.

Um dia, ele e Edgarzinho ficaram de segunda época de matemática, do implacável padre André, ou Jipão, como era conhecido pelos alunos. Tiveram aulas particulares durante as férias, separados, exigiu dona Lila. Fizeram a prova e, no dia de buscar o resultado, Edgarzinho ligou avisando estar de cama e que o amigo visse o resultado dele também. James Lins foi. James havia passado, raspando, cinco, e Edgarzinho tinha perdido o ano.

– Meu filho, você não vai dar essa notícia para o seu amiguinho. É melhor que ele saiba por ele mesmo. Ou então a mãe dele que vá buscar o resultado.

– Tá legal.

Dali a pouco o telefone toca. James Lins atende. Dona Lila só ouviu o filho dizer, decidido:

– Eu? Eu passei. Você? Vai lá ver, vai!

Será que agora, lá na cela, longe dos padres a quem ele tanto infernizava, meu querido amigo James Lins estará pensando nessas histórias? Ou será que esqueceu o passado para pensar apenas no futuro? Que futuro? Se não morrer lá dentro, vai sair com mais de 80 anos. Sim, bandido brasileiro não pode ficar mais de 30 anos preso. Seu Júlio morreu ainda lúcido, forte, aos 85. É uma esperança, deve estar pensando em James Lins. E Teka, seu eterno amor? E a Nicinha, aquela com quem foi casado legalmente e agora vinha brigando desonestamente na Justiça? E seus três filhos?

James Lins deve estar pensando agora é no seu pai, o velho e honesto seu Júlio Soares, que só roubava no jogo de buraco. E nunca matou uma mosca.

Capítulo 2

No internato

Recebi um telefonema do doutor Jorge Varela, digníssimo advogado de defesa de James Lins, condenado a 268 anos de prisão. Por telefone, me disse da preocupação de seu cliente em relação ao que eu escrevi aqui, quando comecei a contar a vida do meu amigo de infância, o hoje condenado James. O doutor Varela teme que eu possa atrapalhar seus planos de recorrer na Justiça sobre tal condenação. Em primeiro lugar, me disse que, no Brasil, o máximo que um preso cumpre são 30 anos de prisão, e que é possível sair por bom comportamento depois de 15, caso não se tenha antecedentes criminais. Disse ainda que James quer falar comigo. Pedi à direção do *Estadão* que consiga para mim uma visita à Penitenciária do Estado. Mas isso não irá impedir que eu continue, aqui, a contar a vida de *playboy* interiorano do meu amigo de infância James Lins. A liberdade de imprensa é para isso mesmo. Continuemos, pois.

Me disse o doutor Varela que James Lins não tem antecedentes criminais. Não tem, por sorte, doutor Varela. James sempre viveu à margem da sociedade e, por muita sorte mesmo, só agora a Justiça o condenou. Não estou prejulgando o meu amigo, doutor. Apenas contando as suas peripécias desde a infância.

James tinha 13 anos e já era considerado um capeta, um juventude-transviada. Dois anos atrasado no ginasial. Sua mãe, dona Lila, aos 44 anos de idade, inesperadamente, ficou grávida. E James, que achava que seus pais nem faziam mais sexo? Mãe da gente não faz essas coisas, dizia ele. Mas dona Lila engravidou, avisava o exame Galli-Mainini do doutor Medrado. Mas repouso absoluto, pediam os médicos. Era o grande sonho da mãe de James: uma filha. Uma Lilinha.

Mas o capeta do José Augusto, que era assim que os pais o chamavam, infernizava demais, dava muito trabalho, muitas preocupações. Já andava bebendo uma cervejinha e fumava Continental sem filtro. Aliás, não havia cigarros brasileiros com filtro, ainda. A solução foi juntar as economias e colocar James no internato salesiano, lá mesmo, em Lins. James adorou. Afinal, no internato ele iria jogar futebol duas vezes por dia. Em compensação, duas missas, em latim, por dia. Fora os retiros espirituais, as novenas, os cânticos, as intermináveis penitências.

James recebeu o número 88 em todas as suas roupas, toalhas e lençóis. Tinha três divisões de internos: os Maiores, os Médios e os Menores. James ficou nos Médios. Garotos entre 12 e 15 anos. Logo se fez respeitar: era o único que tinha um Spika, o primeiro rádio de pilhas totalmente brasileiro. Uma raridade na época. No Spika, ele, e somente ele, podia ouvir *Hoje é dia de Rock*, na Rádio Nacional. E tinha também uns óculos Ronaldo, para que os padres não soubessem nunca onde estava o seu olhar ligeiro. Geralmente nas pernas da professora de Biologia, uma japonesa que costumava visitar os seus sonhos de adolescente.

O puritanismo marcava o internato dos salesianos. Para se trocar de roupa, por exemplo, no dormitório, só se podia fazer com roupão, para que ninguém visse as partes de ninguém. Anos mais tarde James me confessaria, numa cervejaria em São Paulo, que tinha o maior tesão pela bundinha do Vieira.

Mas vamos ao que interessa, o sino para os alunos acordarem no imenso dormitório tocava às seis da manhã, para a primeira missa. Mas, uma meia hora antes, o padre Bostero, um clérigo nordestino, que era o Assistente dos Médios, dava uma vistoria, cama por cama, em todos os internos Médios. Aquilo intrigava James Lins. Até que ele soube pelo Bolinha, que era dos Maiores, que o Bostero fazia aquilo para ver se não tinha nenhum pinto (foi a palavra que o Bolinha usou) fora do pijama.

James não acreditou muito naquilo. De noite, ouvindo Paul Anka no seu Spika exclusivo, teve uma ideia que apenas James Lins poderia ter na vida. Não sei bem por que, mas, durante as mais de 30 horas do seu julgamento, num momento me lembrei desta história.

O que fez então James? Acordou antes do Bostero, ficou descoberto e colocou o sexo para fora do pijama. E fingiu que dormia como um anjo. Escutou o Bostero acordar, se vestir, escovar os dentes, e foi ouvindo, excitadíssimo, os passos com sandálias havaianas do padre se aproximando. Não deu outra. Bostero viu aquilo de fora e, com todo o cuidado para não acordá-lo, puxou um pouquinho o pijama e, com a própria mão, recolocou-o para dentro. Um frio subiu pela espinha de James. Mas por dentro do seu pijama listrado, ele ria com a cumplicidade do Ray Conniff a tocar no egoísta do seu radinho de pilha.

Meia hora depois, durante a missa, James contou a aventura para dois amigos mais chegados. Não deu outra. Na manhã seguinte, eram três pequenos e desprotegidos órgãos sexuais a flutuar nos lençóis imaculados do Colégio Salesiano. Bostero, mais uma vez, com seus dedos finos e delicados, fez a mesma operação. Os meninos suavam frio. Quanto ao Bostero, nunca se soube o que ele sentia ao fazer essa proteção divina. Talvez se confessasse depois, não sei. O que eu sei é que, de tarde, o time de futebol do James, todo o time, os onze, já sabia da delicadeza dos católicos dedos do clérigo. Claro, na manhã seguinte, o Bostero teve que se curvar onze vezes, como se passasse diante da imagem de Cristo no altar, no seu calvário antipecado.

E a coisa foi rolando nesse ritmo até que, um dia, mais de cinquenta meninos estavam com a coisa de fora. Nesse dia, o Bostero não pegou em nenhuma coisa. Bateu o enorme sino com raiva, em cima de uma desequilibrada cadeira, suando, nervoso, esbravejando com uma enorme tesoura de grama na mão esquerda:

– A partir de amanhã, eu corto! A partir de amanhã, eu corto!

No dia seguinte, todos os pijamas estavam com a braguilha defensivamente abotoada. Em compensação, haviam sumido o sino e a tesoura. Foram encontrados dentro da piscina, sabe-se lá por obra de quem. James, anos depois, ainda me jurava que não tinha sido ele.

É dessa mesma época, do internato, o caso dos puns no confessionário. Eles eram obrigados a comungar todo dia. E, todo dia, eles se confessavam. As perguntas dos padres eram sempre as mesmas: pensou em coisa feia? olhou para coisa feia? fez coisa feia? deixou que fizessem coisa feia com você? Aliás, é bom recordar que a primeira vez que James Lins se confessou, aos sete anos, não tinha a menor ideia do que fosse coisa feia. Saiu do confessionário, informou-se e, desde então, sempre fez coisa feia. O ato de se confessar era de uma monotonia celestial. Até que James inventou a brincadeira de soltar pum no confessionário e deixar o padre Confessor lá, com aquele cheiro. Mas tudo tinha suas regras. Um soltava o pum e o seguinte na fila tinha que ir rápido para se ajoelhar, pedir perdão por seus pecados e comprovar que o cheiro estava lá. Havia uma tabela entre os alunos internos para ver quem era o flatulento do mês. Depois de dois meses seguidos de vitória de James, o padre Confessor, que perdia o apetite a olhos vistos, descobriu que era tudo combinado. James Lins foi expulso do colégio interno e sua mãe perdeu a futura irmãzinha que ele iria ganhar.

Foi nessa época que James Lins conheceu Teka, que viria a ser o seu eterno amor. A menina mudou-se para Lins na década de 50. Seu pai era gerente da loja Buri e ela foi estudar no colégio das freiras. Tinha um ano a menos que ele. No dia do julgamento, depois, quando levei a Teka, agora cinquentona, para a minha casa e ela bebeu um litro de uísque, me confessou que, desde que se mudara para Lins, também se apaixonara por James. Chegaram a namorar, aquela coisa de pegar na mão depois de uns 15 dias de árdua batalha, mas nunca, nunquinha, até hoje, haviam se beijado. Na boca. Hoje, com 50 anos, ela ainda tinha essa esperança, essa vontade guardada em tantos travesseiros, mesmo durante o seu casamento, mesmo e principalmente agora que enviuvara havia três anos.

Foi um amor platônico entre os dois. No máximo, o colar de mãos suadas no Cine São Sebastião, o "Palácio Encantado da Noroeste", em noites de Paul Newman ou Gina Lollobrigida.

Teka quer ir comigo à penitenciária. Não sei se James gostaria desse encontro. Preciso falar com o advogado dele antes.

Quanto à dona Lila, fui visitá-la no hospital. Já saiu do coma, mas não se conforma. Acha impossível que seu filho tenha feito um crime bárbaro daqueles, "mesmo porque a formação dele, você lembra, salesiana, se confessava e comungava todo santo dia. Como é que o juiz pôde acreditar naquelas barbaridades?". E chorava a pequena dona Lila, segurando a minha mão. Disse a ela que o doutor Varela iria recorrer da decisão, ela ficou mais animada. Me pediu um favor. Que levasse a Teka para conversar com James. Para a Teka ele vai contar toda a verdade, tinha certeza a dona Lila.

Saí do hospital pensando no James, na Teka, na dona Lila, no seu Júlio que, felizmente, já morreu para não ter também que enfrentar uma situação dessas na velhice. Em Lins, não se fala noutra coisa, fiquei pensando. O *Correio de Lins*, do Didu, deve ter dado tudo na primeira página. O nome da família foi para o brejo.

Começo a ficar com pena de todos eles. Dos filhos, de quem falarei mais para a frente. Mas, ao mesmo tempo, ao ver a descrição do crime do James, no Fórum, não posso deixar de respeitar a decisão da Justiça.

Capítulo 3

A carta e a piscina

RECEBI ONTEM CARTA do senhor advogado Jorge Varela, defensor do meu amigo James Lins, condenado a 268 anos e que no momento cumpre pena na Penitenciária do Estado. Publico-a na íntegra:

Ilmo. Sr.
Mario Prata
DD. Articulista de O Estado de S. Paulo

São Paulo – SP

Senhor Escritor:

Venho, pela presente, na condição de advogado do Sr. José Augusto M. E. Soares, notificá-lo de que tomei conhecimento de sua minissérie intitulada James Lins (O *playboy* que não deu certo), *pelas páginas do prestigioso matutino* O Estado de S. Paulo, *tendo ficado, por isso, muito preocupado com as possíveis consequências de sua produção literária.*

Não que eu tema por revelações que venham a comprometer meu cliente. Muito pelo contrário, tudo que se podia assacar contra ele, sua honorabilidade e vida pregressa, já o fizeram no Tribunal. Ocorre, entretanto, que, conhecedor de seu talento criativo de escritor consagrado, ponho-me a ima-

ginar que, por licença poética, não poderia o caro articulista, mesmo sem estar lastreado em provas, no afã de agradar seus inúmeros leitores, contar algum fato imputado ao meu cliente que pudesse comprometer sua defesa?

É claro que meu infortunado cliente está sendo julgado por crimes específicos e não por eventuais travessuras que possa ter praticado na infância. Mas, quem tem fama deita-se na cama, permitiria dizer e, quem sabe, com tanta publicidade negativa, meu cliente pudesse se comprometer ainda mais perante os tribunais superiores, para onde já interpus recurso visando à reforma da respeitável porém infeliz sentença de primeiro grau.

Data venia, *espero que compreenda minha justa preocupação. Não gostaria de polemizar com o nobre escritor. Muito menos mover qualquer tipo de ação judicial. Aliás, sei do apreço que lhe devota meu cliente, os laços de amizade de ambas as famílias. Entretanto, por dever ético de ofício, espero que o caro articulista reflita sobre o tema que escreve, deixando a salvo de aleivosias a reputação alheia. Sobretudo a reputação de pessoas que, afinal, o caro escritor faz questão de dizer que lhe são caras.*

Na certeza de sua compreensão e esperando não mais necessitar voltar ao tema em epígrafe, firmo,

Atenciosamente,
Dr. Jorge Varela O.A.B. 21608

Junto à carta, um fax do Excelentíssimo Senhor Doutor Juiz Corregedor de Presídios autorizando-me a visitar James Lins na Penitenciária do Estado. Agradeço a gentileza e o trabalho do doutor Jorge Varela e visitarei

James ainda neste fim de semana, para que tudo se esclareça da melhor maneira possível.

Mas não vou deixar de contar as "eventuais travessuras" do – insisto – meu amigo James que, acredito, esteja se divertindo na sua cela, sozinho lá na penitenciária, ao ler seu passado divertido e, podemos mesmo dizer, inocente, diante do que faria depois na Capital.

Voltemos ao interior de São Paulo. Voltemos mais uma vez no tempo. 17 de junho de 1958. Domingo. A cidade estava em festa. O Brasil estava em festa. Hora do almoço. Em todas as casas do país, a cerveja espumava nas mesas. Cinco a dois em cima dos donos da casa, os suecos, havia sido demais. Pelé, com 17 anos, chorava abraçado ao Gilmar. Seu Júlio, pai de James Lins, tomava a sua cachaça 17 graus. Dona Lila, que não entendia nada de futebol, caprichava no bife à milanesa, o prato preferido de José Augusto. Esperavam até as duas da tarde. James Lins não apareceu para o bife à milanesa. Onde andaria James Lins? Comemorando com seus amigos o primeiro título mundial de futebol brasileiro? Não.

Voltemos um dia atrás, ao sábado. Estamos na casa do Bambolê, seu amigo mais velho, gordo vivo e simpático, gordo como uma bola, uma perna manca e uma cara de pau. No quarto do Bambolê estão os dois. Em cima de uma mesa, a planta do vestiário da piscina do clube da cidade. Dias antes, havia sido roubada por James na sede social. Os dois analisam a planta atentamente.

– Olha aqui, Bambolê. Como eu suspeitava. A caixa-d'água do vestiário masculino se intercomunica com a caixa-d'água do banheiro das meninas.

– Mas tem este muro no meio.

– Sim, mas ele não chega até o chão. Olha aqui. Tem este espaço aqui para a água circular.

– Mas é muito pequeno. Eu, por exemplo, não passo.

– Temos que arrebentar esse muro!

Nessa mesma noite, na casa do Kid, um terceiro, a *Encyclopaedia Britannica* em cima da mesa. "Cem maneiras de se fazer um nó." Sim, para subir lá na caixa-d'água era necessária uma corda, um laço. E levar uma picareta para quebrar o muro lá dentro.

Era isso que os três estavam fazendo enquanto dona Lila via o bife à milanesa esfriando na mesa. Ficaram até o meio-dia na piscina, quando ela fechava para reabrir às três da tarde. Ficaram escondidos.

Entre meio-dia e três da tarde, conseguiram fazer o buraco. Tinha que ser um buraco largo, senão o Bambolê não passava. Finalmente conseguiram mergulhar e passar para o lado de lá, o banheiro das meninas. Ar de alegria na cara deles. O teto era de papelão. Precisavam pegar alguma coisa para furá-lo e observar as meninas trocarem de roupa. Deixaram a empreitada para o dia seguinte.

Antes que o clube reabrisse, às três da tarde, eles já estavam longe dali. Juraram segredo entre eles. E cada um foi para a sua casa. A primeira etapa do plano tinha dado certo. Até o Bambolê passava.

James Lins chegou às duas e meia em casa, levou uma reprimenda do pai e da mãe. Mas o pai já estava na terceira caipirinha, comemorando com seus colegas da Coletoria a vitória do Brasil. James tomou um banho e foi para a igreja.

Católico praticante? Não. James Lins subornava com nacos de cigarros o sacristão de uma pequena igreja dos arredores, vestia uma batina e ia ouvir confissões.

Os amigos de James Lins sabiam que ele fazia isso, mas ele era incrível. Não contava para ninguém os segredos que ouvia lá dentro.

– Segredo de confessionário é segredo de confessionário – dizia ele.

Sabia dos pecados de todos da cidade. Principalmente de todas as senhoras e mocinhas. Uma vez deu a confissão para a sua namorada, a Teka. Ficou muito contente. O maior pecado da inocente Teka era sonhar com ele sonhos de adolescente, inocentes, quase puros. O amor deles era mesmo platônico, como seria por toda a vida.

Teka ligou-me esta semana. Insiste em ir visitar James na Penitenciária. Expliquei para ela a burocracia para se arrumar uma licença. Não a convenci. De noite, ela veio de Lins para São Paulo a fim de acompanhar dona Lila, que teve alta no Einstein. As duas vieram me visitar. Dona Lila está melhor, continua a acreditar na inocência do filho. E Teka me pareceu mais apaixonada que nunca pelo ex-namorado. As duas dormiram em casa. Dona Lila não quer voltar para o interior. Está, com toda a razão, envergonhada. Teka ofereceu o apartamento que ela tem aqui em São Paulo. São as duas mulheres de James Lins, pensei. Eunicinha, ou Nicinha, a sua ex-mulher, mãe dos três filhos, quer que ele mofe na prisão. O processo, mais que litigioso, está longe de se concluir. Nesta noite, conversamos até tarde e as duas dormiram na minha casa.

Soube que James Lins tentou mais um dos seus golpes na Penitenciária, dizendo-se formado em Economia em Marília para, com isso, ficar numa cela especial. Isso só agravou sua condição de preso. A Faculdade de Economia de Marília, em despacho pedido pelo senhor Corregedor, afirmou que tal elemento nunca frequentou aquela escola.

James está numa cela pequena, com mais onze presos comuns, criminosos como ele, provavelmente pensando naqueles tempos infantis e românticos, lá do interior, onde o maior crime era tentar ver meninas peladas trocando de roupa. Uma brincadeira que acontecia em todas as piscinas do interior. Um crime bem distante e diferente do que o que ele cometeu agora e que abalou não apenas a sua cidade como todo o país.

Capítulo 4

A primeira queda

A PRIMEIRA REUNIÃO preparatória para a excursão ao vestiário feminino foi feita no sótão da casa de James Lins, na segunda-feira à tarde, local antes destinado aos campeonatos de botão e leitura da *Playboy* americana. Segunda era o dia que o clube não abria. Trocavam a água da piscina. Presentes: James Lins, Bambolê, Kid e, como não podia deixar de acontecer, a notícia vazou e tinha mais três boquiabertos interessados. Diante do número já um pouco avantajado, James Lins achou por bem que se deveria pagar ingresso. Afinal, foram ele e Bambolê que haviam desbravado a selva de água e pedra.

Discussões acaloradas, pois até o Bambolê deveria pagar ingresso. Menos James Lins, mentor intelectual de tal empreitada. Pedrinho, um dos outros três, insistia em pagar meia por ser o mais jovem. Voto vencido. Todos pagaram cinco cruzeiros, mais ou menos a mesada de cada um. Com o dinheiro devidamente embolsado, James propôs alguns exercícios bélicos antes de entrarem no mérito da questão.

Como dona Lila estava nas suas funções filantrópicas e seu Júlio na Coletoria, logo surgiu James Lins com

do vestiário das meninas, mais excitados que nunca. Primeira providência ordenada por James é que ficassem todos em cima das ripas e não pisassem no papelão porque aquilo podia ceder, é claro. Ali em cima, as idades variavam entre 14 e 16 anos. E o peso, segundo cálculo rápido do Kid, bom de matemática, devia chegar a um total de 554 quilos. Meia tonelada de tarados juvenis.

Ansiosamente e em silêncio, esperaram mais de uma hora pela chegada das moças da cidade. Será que a fulana vem? Eu quero ver é a beltrana. O calor era insuportável. Pensaram em tirar umas telhas para a próxima vez. Desta, não daria tempo.

Buraquinho feito. Um pouco maior que o combinado, mas tudo bem. Fizeram o sorteio. O primeiro, que não participou do sorteio, seria James.

A primeira pessoa a entrar foi a dona Glicínia, uma gorda horrorosa, enérgica professora de Educação Física. Não entusiasmou ninguém, mas tiveram que fazer muito esforço para conter o riso. Logo depois, as três filhas do Pedro Garanhão. Umas gracinhas. Uma delas – diabo – já veio com o maiô por baixo. Mas as outras duas deu tempo para três olharem.

Depois o vestiário foi se enchendo de meninas e senhoras, e os rapazes lá em cima começaram a se desorganizar. Como o Pintassilgo demorava muito, o Tolentino, contrariando a sanguínea ata, fez logo outro buraco só para ele, levando o grupo a acelerada e entredentes discussão. Quando entrou a mãe do Bambolê, que não era gorda como ele, pouco mais de 40 anos muito bem conservados, Bambolê tentou tapar os dois buracos com as mãos. Inútil, pois já havia mais três buracos pelo espaço.

– Minha mãe não, pô! Foi combinado, pô! Mãe não vale – dizia, quase chorando.

O que eu sei é que começaram a entrar mães e namoradas e o debate lá em cima foi ficando quente.

– É namorada sua, mas não é minha!

– Não põe a minha mãe no meio, que eu ponho...

– Pô, meu, olha a pintinha da namorada do Kid!

– Olha a mulher do delegado!

– Nossa, que peito caído, cara!

– Olha a Kika, que loucura!

– Chega! – gritou baixinho James Lins. – Vamos nos organizar.

Mas James falou tarde.

Kika, uma magrinha boa de geografia, foi quem deu a primeira pista:

– Vejam, vejam, estalactites no teto! Estalactites!

Estalactites começaram a pingar do teto do banheiro feminino lá pelas nove da manhã. Foi quando alguém mais experiente olhou para cima e deu o veredicto final, envergonhadíssima:

– Gente, tem gente olhando a gente!

A correria que aconteceu lá em cima fez com que o teto viesse abaixo em segundos. Nove garotos caem no meio do vestiário das meninas. Mocinhas e senhoras nuas e seminuas gritam desesperadas. Algumas saíram correndo nuas mesmo pelos corredores do clube.

Primeiro os nove passaram pela Santa Casa para serem medicados. Depois, alguns com braços e pernas quebrados, foram para a diretoria do clube. Um ano de suspensão para cada um. Depois, para a delegacia. Era a primeira vez que James Lins entrava numa delegacia. Não seria a última.

O delegado, que sabia que a belíssima esposa estivera lá, nua aos olhos daqueles demônios, passou uma descompostura nos meninos. Ninguém podia ser preso, pois eram menores. Mas aproveitou para dizer que, se alguém fosse visto na zona, seria expulso da cidade. O colégio dos padres, quando soube, suspendeu-os por uma semana. E os namorados das meninas desnudadas juraram vingança eterna.

James Lins foi passar uns dias na casa de parentes em Cafelândia, para vergonha de seu Júlio e da pia dona Lila, que rezava as suas novenas pela salvação do filho, coitado.

Hoje vou visitar James Lins na Penitenciária, acompanhado do repórter Renato Lombardi e do advogado de James, doutor Jorge Varela. Teka deve visitá-lo durante a semana. Estamos preparando a papelada. Dona Lila acha prematuro ver o filho agora. Continua chorando, mas já está bem melhor, jurando eternamente a inocência do filho, que começa, agora, a cumprir os seus 268 anos de cadeia. Não por ter visto mocinhas incautas nuas, mas por ter feito algo muito pior. Bem pior.

Capítulo 5

No pavilhão 2

Barra-pesada. É o mínimo que se pode dizer depois de entrar na Casa de Detenção de São Paulo. Dia de visitas, os 4.795 presos aguardam pais, filhos, amigos, um maço de cigarro, um abraço, um beijo e um queijo. Alguns não aguardam ninguém, nem nada.

James Lins, condenado a 268 anos, era um deles. De calça bege como os outros 4.794 presos, ele me aguardava ansioso. Ali dentro, nos vários prédios dos muitos pavilhões, ele me esperava sentado, de cabeça baixa, cigarro barato no canto da boca, cinza longa.

A entrada da Penitenciária lembra a de um jogo de futebol. São vários guichês. Onde se leria arquibancada, geral ou numerada, lê-se pavilhão 2, pavilhão 3 etc. As filas são enormes, todos com sacolas de feira, embrulhos, saudades espetadas no rosto. Pessoas que vieram de longe, pegando três, quatro ônibus para ver o seu preso. Visitantes que vieram do interior, visitantes de outros estados. Barracas vendem churrasco, roupas, frutas, cachorro-quente. Só que, lá dentro, o espetáculo é outro.

Passa-se por quatro portões de ferro. Abre um, fecha o outro. A revista é minuciosa. Cerca de cinco mil visitantes por dia. Lá dentro, uma população triste de dez mil pessoas, aproximadamente. Uma cidade, pulsando tensa e nervosa. Muito tensa. Olhos atentos. Os detentos sabem que você é de fora. Te olham no fundo dos olhos. Ódio? Inveja por saber que daqui a pouco eu estou lá fora de novo? O olhar de um preso é de uma profundidade indescritível. Dói. Presos de todas as idades e credos. Tem lá uma capela católica e um centro de umbanda.

Num canto, um pastor fala para suas ovelhas negras. Uma mocinha distribui panfletos místicos. Um burburinho alto. Só se faz silêncio às seis da tarde, quando os alto-falantes soam a Ave-Maria. Duzentos funcionários vigiam tudo.

Quem entra ali pela primeira vez, como foi o meu caso, sente um frio na barriga. Um frio constante que não passa nunca. Vou andando até James Lins. Nas janelas das celas, vassouras espetam antenas improvisadas para fora. Em quase todas as janelinhas, um vaso de flores bem cuidado.

James estava de cabeça baixa. O advogado Jorge Varela foi visitar outro cliente em outro pavilhão. Achei melhor. Poderia ficar mais à vontade com meu amigo.

Cabelo curto, calça bege, camiseta vermelha. Olhando para o chão. Sentei-me ao seu lado.

– Tudo bem? – perguntei.

– O que que você acha?

Fiquei quieto. Permanecemos assim uns cinco minutos. Ou mais. Olhando para o chão.

– Tá comendo quem?

Isso era uma pergunta típica do James Lins, que achava que a minha vida era um desfilar de atrizes da Globo pela minha cama.

Ao nosso lado, um preso com cara de protestante lia a Bíblia com a sua filha de uns cinco anos. Na nossa frente, uma família destrinchava um frango frio com as próprias mãos. Muitas crianças em volta. Música cafona nos alto-falantes. Às vezes, Rita Cadilac era interrompida: "Edson Pereira da Silva, sua visita o aguarda no pavilhão 2".

Mas ali, no duro banco de madeira, sol forte das dez da manhã, o silêncio era total. James coloca a mão no meu ombro e começa a chorar. Como uma criança, a balançar o nosso banquinho forrado com um cobertor xadrez meio rasgado. Me abraça. Chora. Eu choro. Nenhuma palavra, nada. Silêncio. Enxuga as lágrimas no ombro, na camiseta vermelha.

– Sou inocente!

Olhei bem na cara dele, abri um sorriso como quem diz: deixa de mentir, cara. Mas não falei nada.

– Sou inocente!

Não falei nada. Fiquei olhando em volta. Nem a Teka nem a dona Lila suportariam aquele ambiente, aquele momento de "visita". Comecei a me lembrar do James nos bailes em Lins, de *smoking*, tomando cuba-libre, disputando títulos de natação e jogando tênis. James Lins livre, correndo na sua lambreta, fechando casas na zona, vendo mulher pelada na piscina, correndo com seu carro conversível, amando belas mulheres. Olho de novo para ele. Não é a mesma pessoa alegre que "comia primeiro", que colocava o pinto de fora no internato, que dava tiros em gatos, que se fingia de padre para ouvir os pecados dos fiéis e das infiéis. Não era aquele garoto que estava ali ao meu lado.

Ali, do meu lado, estava um senhor abatido, chorando, condenado a ficar naquele lugar talvez até o fim da vida.

Que situação desagradável será o dia em que os três filhos adolescentes dele vierem aqui, se sentarem aqui, onde eu estou agora, neste banco frio, com este condenado ao lado. Será que o meu amigo não podia ter pensado nisso tudo, minutos, segundos antes de cometer aquele crime bárbaro?

– Como estão as crianças?

Animei-me. Ele começava a falar, sem chorar.

– Não consigo falar com a Nicinha. Depois que eu comecei a publicar a sua história, ela andou fazendo umas ameaças ao jornal. Disse que vai me processar.

– Isso é típico dela. Mas me consiga uma foto das crianças. Promete?

– Prometo.

Novo silêncio. James olha em volta. Olha para o céu azul do domingo. Deve estar sentindo falta dos seus óculos Ronaldo.

– Aqui é o pavilhão 2. Estão os presos, digamos, melhores. Isso aqui é até chamado Hotel Jaraguá. Os outros pavilhões são mais barra-pesada.

– Bom, né?

– Bom o cacete!

Não sabia o que dizer.

– Um cigarro.

Pegou o cigarro e o maço.

– Calma, trouxe um pacote, e essas frutas.

– Cigarro é moeda aqui dentro. Vale mais que dólar. Dá uma olhada.

Vejo alguns presos vendendo artesanatos. O preço: cinco maços, 15 maços etc.

– Vende-se de tudo aqui dentro. Tudo o que você possa imaginar. Não sei como entra, com essas revistas todas. Mas se você quiser um pastelzinho do Pandoro, por exemplo, tendo cigarros você consegue.

Novo silêncio. Não sei mesmo o que dizer para o amigo. Lembro-me de Teka.

– A Teka quer te visitar.

– Ainda não. E a mamãe?

– Está bem. A Teka está tomando conta dela.

– Coitada da mamãe. Coitada...

James começa a chorar de novo. Não sei como agir. Vejo uma placa de inauguração "Governo do estado de São Paulo, Jânio Quadros. Anos 50".

James me encara seriamente.

– Você vai parar de publicar a minha vida! Não quero mais saber disso. Tá todo mundo aqui dentro pensando que eu fazia troca-troca quando era moleque. A história não foi bem daquele jeito. Você distorce tudo. Imaginação de escritor é um perigo. Então é melhor parar. O Varela queria te processar. Eu que segurei. Vamos acabar logo com essa história de uma vez e não se fala mais nisso.

Fiquei quieto. Não era hora de discutir aquilo. Pensando bem, qual seria a hora para se discutir aquilo? Mas ele foi categórico. Não quer, o que é que eu vou fazer? Afinal, a vida é dele, as piadas são dele. Fiquei na minha. Ele, olhando para baixo, me perguntou algo que eu, na hora, não atinei o porquê.

– Que carro você está agora?

– Um Honda.

– Do ano?

– Do ano.

Aí ele arrematou.

– Quer dizer que, para escrever essas besteiras que você escreve sobre a minha vida, tu tá ganhando dinheiro, né?

– Claro. Você acha que eu ia trabalhar de graça?

James levanta, caminha um pouco pelo pátio, passa a mão na cabeça de uma crioulinha, chuta uma bola que veio para o lado dele, acende outro cigarro e senta-se lentamente ao meu lado.

– Quero metade.

– Metade do quê?

– Do que você ganha para escrever a minha vida.

– Ficou louco?

– Como, louco? Então você senta aqui, escreve aquelas besteiras todas, tudo errado, me difamando, vem me visitar de carro do ano e eu? Só levando na tarraqueta? Quero metade! E não se fala mais nisso.

– Deixa eu ver se estou entendendo. Você quer que eu te dê metade do que ganho no jornal e você me deixa contar tudo?

– Melhor do que isso. Eu mesmo conto tudo. Em detalhes. Você sabe que a minha memória é poderosa, né?

Você traz um gravadorzinho e eu mesmo conto as minhas histórias. Depois a gente pode fazer um livro, um filme, um seriado para a televisão. Tá percebendo? Estou vendo dinheiro na jogada, cara!

Comecei a achar interessante a proposta dele. Logo pensei em não dividir o meu salário, mas pedir ao jornal que pagasse o equivalente para ele. O jornal vai topar, concluí.

– Mas você conta tudo? Toda a verdade? Todas as sacanagens da adolescência, os primeiros trambiques, tudo?

– Você acha que eu ia te cobrar e mentir?

Ri.

– Acho.

Ele também riu. Me esticou a mão como se selasse um contrato.

– *Fifty-fifty?* Cinco segundos.

– *Fifty-fifty.*

Toca a sirene. É hora. Dou um abraço forte, de amigo, de velhos amigos. Fico de voltar no sábado seguinte. Vou saindo, ele me faz um psiu, eu olho para trás.

– Sabe a história do vestiário feminino, que você escreveu outro dia?

– Claro.

– Vi a senhora sua mãe.

E caiu na gargalhada. Só me restou rir, para tirar o frio da barriga e o corpo lá de dentro.

Comprei um churrasquinho de gato e caminhei para o Honda. Do jornal é claro.

Capítulo 6

Encontro com Nicinha

PRIMEIRO FOI O advogado de James Lins a me ameaçar. Agora, foi a vez do advogado de Nicinha, primeira mulher de James, a tentar, junto ao dono do jornal, o meu afastamento destas mal traçadas linhas. Mas foi bom, assim consegui marcar um encontro com a Nicinha, que fazia muitos e muitos anos eu não via, a não ser pelos relatos do James, antes de cometer o hediondo e impensado crime.

Consegui, através do advogado dela, um encontro.

James havia me pedido, domingo, na Penitenciária, uma foto dos filhos. Ela não poderia me negar isso. Foi um pouco difícil convencer a Nicinha. Gênio difícil, sempre me dizia James.

Cinco da tarde no Pé-prafora, na esquina da Pompeia com a Heitor Penteado.

Nicinha era Rodrigues da Cunha antes de se casar nos anos 60 com James e virar Nicinha Soares, Os Rodrigues da Cunha eram uma das famílias mais ricas de Lins. Grandes fazendeiros de café, quando o chão de Lins se cansou, mudaram-se para Londrina, no norte do Paraná, onde o chão virgem pedia a rubiácea. Mas mantinham a casa e as fazendas em Lins. Era, a Nicinha, digamos, da melhor sociedade linense. Sua mãe, dona Danuza, estava sempre na lista das dez mais elegantes da região. E o pai, seu Gabriel, era conhecido como o Rei da Zona. Nicinha era, e ainda é, uma bela mulher. Era um dos "Brotos do Ano", na coluna social do Mário Alberto. Até hoje se comenta em Lins que o primeiro golpe que James deu na vida foi este: o do baú. Hoje, na Justiça, estão brigando pelos bens. Briga feia, coisa de gente grande.

Era pequenina a Nicinha. Daí o nome no diminutivo e o apelido de Perereca, que ela odiava. A verdade é que comentava-se que a Nicinha era mais "fácil" que as outras meninas da cidade, as consideradas "difíceis".

Naquele tempo, não se "ficava" com as moças. Pegar na mão era uma luta. Depois, o alvo era colocar a mão no ombro. Depois, ia-se deslizando a mão até chegar aos seios, por fora do *banlon*, é claro. Esse processo explorativo e excitante durava meses, anos. Poucos introduziram a mão lá dentro, no começo dos anos 60. Pouquíssimos.

E nós, os mocinhos da cidade, gostávamos de contar tudo para os outros. Eu, o Bambolê e o James Lins, por exemplo, a cada etapa conquistada nos vangloriávamos com os outros dois. Mas eu e o Bambolê sempre fomos mais tímidos e mal passávamos da mão no ombro e do beijo na face ruborizada das menininhas do colégio das freiras. Mas a gente foi notando que o James e a Nicinha, ou Perereca, estavam avançando a olhos vistos, ou a dedos vistos.

Até que um dia o James foi taxativo:

– A partir de agora não conto mais. Depois eu acabo me casando com ela e como é que fica? Vai ser mãe dos meus filhos e vocês vão ficar contando por aí. Ou escrevendo, o que é muito pior.

E não mais contou. Mas a gente sabia que ali tinha coisa. A gente sabia que os pais dela viajavam muito para Londrina e ela ficava sozinha. James e Nicinha ficavam sozinhos naquela sala enorme ouvindo Paul Anka e Neil Sedaka. Ou a Maysa, de que ela tanto gostava, chorando "meu mundo caiu". Devia estar rolando coisa, insinuava o curioso e balofo Bambolê, que nunca tinha dado um beijo de boca.

Até que um dia, numa terça de carnaval, depois do clube, já umas seis da manhã, a gente roubando leite nas portas das casas, misturando leite com lança-perfume, o James mais bêbado do que nós, resolvemos dar uma dura nele. Quase que imploramos para que ele contasse em que ponto estava com a Perereca. Ele, firme, não dizia nada. Mas, numa cafungada um pouco maior no lança, ele mesmo fez uma proposta: responderia sim ou não a uma única pergunta que fizéssemos. Eu e o Bambolê nos afastamos para preparar a pergunta. Era uma só e tinha que ser precisa, direta, para que, com o sim ou o não, soubéssemos em que ponto estava a relação. Depois de muita discussão, voltamos com a pergunta:

– Sessenta-e-nove, já fizeram?

James pensa muito, deita-se no chão, olhando o sol nascer:

– Sessenta-e-nove, não! Mas... às vezes seis, às vezes nove!...

Cheguei primeiro, o bar ainda vazio, pedi uma Antárctica para o Gomes e fiquei relembrando o meu encontro com James na Penitenciária. Mas por pouco tempo. Logo estacionou o Honda Civic 16V vermelho da Nicinha. Ou, melhor dizendo, do James, segundo ele. Ela estava elegantíssima, toda de preto, com um delicioso decote mostrando os seios ainda firmes. Pequenos, mas firmes. Sua beleza, sua elegância contrastava um pouco com os *habitués* do bar, mais para cineastas barbudos e jovens publicitárias. Unhas muito bem cuidadas, relógio Rolex, forte cheiro de perfume, talvez francês, três diamantes em cada orelha, um dentinho torto que sempre lhe deu muito charme. Maquiagem discreta para as cinco da tarde.

Devo reconhecer que ela me cumprimentou com uma certa simpatia. Pediu um JB duplo. Sempre bebeu bem essa mulher, me lembrei dos porres em Lins.

Depois, em silêncio, abriu a bolsa igualmente preta com uns detalhes em dourado, tirou uma foto. Os três filhos de James Lins. A foto estava recortada de um lado. Provavelmente ela retirou-se da pose.

– Diga ao James que isto é a última coisa que eu cedo. E mesmo assim porque foi uma imposição das crianças, Por mim...

Vai fazer bem para ele.

Ela não altera a expressão do rosto. Pensei que fosse me perguntar por ele, suas condições de preso, seu estado de espírito. Nada.

– Meu advogado falou com você, não é? Você não tem falado em mim, na sua história. Mas sei que mais dias, menos dia... E eu não quero. Estou começando uma relação nova e isso para mim é passado. Ele provou quem realmente é com esse crime. As crianças estão num estado que você pode imaginar. É melhor para todo mundo você parar com isto. Podemos resolver tudo como gente civilizada.

– E como é que gente civilizada resolve isso?

O garçom traz o uísque, ela dá um grande gole, estala a língua.

– O primeiro gole do dia é sempre o melhor.

Diz e fica me olhando. Eu repito a pergunta:

– Como é que gente civilizada resolve isso?

– Em dólares!

Juro que eu esperava tudo, menos um suborno. Aprendeu muito com o ex-marido, pensei.

– Dólares?

– Você pode até contar a sua história. Mas eu e meus filhos ficamos de fora. É como se a gente nunca tivesse conhecido o James. (Outro gole.) E então?

Entorno a cerveja, olhando para a cara dela. Nenhuma ruga. Ou serão várias plásticas? A espuma rola copo abaixo, molhando a bolsa dela. Peço desculpas. O Gomes vem e limpa.

– Dólares? – repito.

– Quanto você quer?

– Nem a história do "às vezes seis, às vezes nove"?

– Principalmente essa. Tenho filhos, meu filho. E um novo namorado. Já te disse, né? Diga, diga o seu preço. Todo mundo tem um preço. Quanto você ganha por mês? Que carro você tem? Conhece a Europa? Claro, morou em Portugal. Se bem que Portugal não é bem Europa. Me lembro uma vez que eu estava em Cascais e...

Interrompo:

– Gomes, traga a conta. Minha e da senhora.

– Já? – se assustou o Gomes.

Ela segura na minha mão.

– Vamos! Diga. Quanto? Aquele carro pode entrar no negócio.

– Mas o que é tão grave assim que eu possa contar que você quer esconder?

– Não seja ingênuo! A nossa separação está correndo na Justiça. Você sabe disso. Você pode tomar o partido dele, são amigos desde criança. Não se faça de bobo, querido. Quanto foi a conta?

Tirei o talão de cheques, mas ela jogou o cartão de crédito mais rápido.

Levantou-se educadamente, deu dois beijinhos em mim.

– Você sabe onde encontrar o meu advogado. Que tal o Honda Civic e mais 50 mil dólares?

Deu um tapinha no meu rosto, pegou o cartão internacional e foi embora. Deu dois passos, voltou, virou o resto do uísque e agora, sim, sumiu.

E eu, que quando morava na Europa, sempre sonhei com um Honda Civic 16V?

Mas logo me lembrei que tinha um encontro com a Teka. Mesmo assim pedi mais uma Antárctica para o Gomes. Precisava engolir melhor a oferta da Perereca. Ela sempre foi de extremos. Não oito ou oitenta, mas às vezes seis, às vezes nove.

Capítulo 7

Encontro com Teka

SE EU MARQUEI encontro no lugar errado com a Nicinha, que foi muito elegante ao Pé-prafora, errei novamente ao marcar com a Teka, no The Place's. Ex-líder estudantil em Ribeirão Preto, Teka chegou de calça Lee desbotadíssima e camiseta amarela. Estava bonita, apesar do tênis um pouco sujo e nenhuma maquiagem. As peruas do local, falando nos seus minicelulares, não recusaram um olhar para aquela moça. Mas, mesmo triste, Teka sempre irradiou simpatia.

Todo mundo em Lins sabia que a grande paixão de James Lins sempre foi a Teka. A mesma Teka que me confessou outro dia, logo depois do crime, que nunca havia dado um beijo nele.

– Ele não quer me ver? Li o que você escreveu outro dia. Quase morri de chorar. O ambiente, aquelas coisas... Mas eu prefiro enfrentar toda aquela barra-pesada a ficar sem me encontrar com ele.

Teka chegou a Lins já mocinha, filha do gerente da Buri. Logo se enturmou com as meninas da cidade que tinham uma espécie de clube fechado chamado Palha e Sabugo. Nunca ninguém soube muito bem o que isso significava. Há pouco tempo, houve lá em Lins um encontro delas, comemorando trinta anos de amizade.

Eu conhecia bem a história da Teka e do James, Teka era um ano mais moça que ele. Deve estar agora com 50, fiz as contas. Cinquenta mas com um corpinho de 30, analisei no Place's. Nada de barriga, braços firmes, mãos lisinhas, poucos cabelos brancos dando-lhe um charme todo especial. Ao contrário de Nicinha, é alta, deve ter mais de um e setenta. Magra, elegante dentro de sua calça Lee desbotada. Mas importada.

– Ele está bem? Arrependido?

Havia dois clubes em Lins. O Linense, da chamada sociedade local, e o Comercial, que, como o próprio nome indica, era comercial mesmo. As menininhas do Linense não deixavam nada. E as menininhas do Comercial deixavam tudo. Por isso, quando íamos aos bailes do Linense, colocávamos sungas e mais sungas para não dar vexame. Ao contrário, quando o baile era no Comercial, íamos até mesmo sem cueca, que era para encostar mesmo. Depois a gente deixava as meninas nas mesas das mães e saíamos todos recurvados para não dar bandeira

James Lins não fugia a isso. Com a Teka era apenas mãozinha dada. Depois ia para o Comercial. Depois para a zona. Nem beijo na Teka ele chegou a dar. James era muito respeitador.

Mas aconteceu o problema da prova de Física do vestibular de Engenharia e James teve que fugir da cidade. Deixou Teka a ver navios, embora jurasse voltar e se casar com ela.

O caso da venda de provas abalou toda a cidade. James estava ainda no segundo colegial, pela segunda vez, quando resolveu vender os gabaritos do vestibular. Só que eram falsos. Ele mesmo tirou as provas do seu livro de segundo ano, mimeografou e espalhou a notícia pela cidade. Conseguiu vender mais de 100 gabaritos ao preço de 100 dólares, mais ou menos. Juntou, com isso, perto de dez mil dólares. Foi um dos primeiros golpes de James. Claro que ao meio-dia, quando terminou a prova de Física do vestibular de Engenharia, quase cem jovens; saíram atrás de James. Não podiam reclamar na delegacia – James sabia disso – mas podiam dar uma surra nele. Ficou na minha casa, no quarto dos fundos, o dia inteiro escondido e fazendo planos para a fuga. Começava ali a vida de estelionatário de James Lins, Teka se lembra desse dia:

– Lembra, você foi lá em casa me avisar que ele estava na sua casa? A cidade inteira estava atrás dele, coitado. E os pais que tinham dado o dinheiro, então? Hoje, a gente se lembrando, é engraçado, mas na época... Me lembro que cheguei na sua casa, ele estava bebendo cerveja no quartinho do fundo, uma mala velha arrumada, o dinheiro no bolso. Disse que ia para Campinas, para a casa de um primo. Nesse dia, ele tentou me beijar. Mas eu não deixei. Disse que só deixava se ele voltasse, devolvesse o dinheiro para todo mundo e a gente ficasse noivos. Mal sabia eu que ele já estava de rolo com a Nicinha. Foi a noite do beijo que eu não dei. Se arrependimento matasse.

James Lins ficou uns bons dois anos sem dar as caras. Dizia para seus pais que em Campinas estava fazendo cursinho para Medicina. Alguns anos depois, quando voltou, voltou num Simca Chambord amarelo, com muito dinheiro no bolso. O que teria feito James em Campinas? Que golpe teria aplicado?

– Sabe que, apesar de ter ficado quase vinte anos casada, nunca esqueci aquele moleque? Tenho todas as cartas que ele me mandava de Campinas, os bilhetes, as nossas fotografias daquele tempo... Não consigo imaginar como ele conseguiu praticar esse crime.

– Ele teve a cara de pau de me dizer que é inocente.

– Inocente como, se ele mesmo filmou a cena toda e passou em todas as televisões do Brasil? Apesar de eu ter certeza de que é ele, tem uma coisa, sei lá, que me diz que ele fez aquilo com outra intenção. Não sei, é uma coisa que eu sinto aqui dentro. Como se ele tivesse sido tomado por uma outra pessoa, entende? Se eu pudesse conversar com ele.

– Não recomendo. Pelo menos por ora. Dá um tempo, Teka.

Teka, dois anos depois do episódio dos gabaritos falsos, mudou-se sozinha para Ribeirão Preto, para estudar Educação Física. Teka tinha 20 anos. Teka perde contato com James Lins. Fica sabendo que ele está namorando a filha dos Rodrigues da Cunha. Teka infiltra-se no movimento estudantil para valer.

Em 1968, com a prisão dos estudantes em Ibiúna, Teka foi parar na cadeia. Teka e seu namorado e futuro marido, Marquito, estudante – vejam o destino – de Física.

James casa-se em Lins com Nicinha. Antes procurou Teka.

– Ele foi até Ribeirão me dizer que desmanchava tudo com a Nicinha para ficar comigo. Mas foi tarde. Eu estava envolvida com o Marquito. Com a política estudantil. E o James era um alienado, como a gente dizia naquele tempo. Só pensava em carros. O Marquito tinha assaltado um banco em São Paulo. Tinha que sair do país. Estava com a cara em tudo quanto era cartaz de procurados.

O olhar de Teka se perde no bar, como se ela estivesse reconstituindo a cena, *take* a *take* na sua cabeça. Toma um gole de dry martíni.

– Foi a segunda vez que ele tentou me beijar. Lá no Bosque, em Ribeirão. Não podia fazer aquilo com o Marquito, que já estava em Portugal me esperando. Casei por procuração e fui para a Europa. No começo, quase morremos de fome. Não fossem uns parentes do meu pai...

– Você sabe que eu acho que ele também te ama? Sempre te amou?

– Nem fala isso. Não me dê esperanças.

– Esperanças é o que eu peço para você não ter. Você sabe tão bem quanto eu que ele não sai de lá tão cedo.

Me olha um pouco envergonhada.

– Mas lá não tem um negócio chamado "visita íntima"?

Eu sorrio:

– Tem, mas só pode ser com a esposa e tem que estar casado há mais de cinco anos. São as normas do lugar.

– Mas será que, através do jornal, você não consegue para mim...

– Teka, meu amor, você não acha que está colocando a cama antes do beijo?

– É. Mas é que eu não penso em outra coisa. Desculpe. Mas arruma uma visita para mim.

– Já disse que pedi a papelada. Todo preso tem direito a oito visitantes fora os pais. Você está na lista dele. Fica tranquila. Deixe a ansiedade um pouco de lado.

Contei para a Teka da proposta da Nicinha. O Honda Civic 16V e mais 50 mil dólares. Brinquei com ela:

– Para o fisco eu posso dizer que ganhei na loteria. Que Deus me ajudou.

– Nem brinca com isso. E você, o que disse para ela?

– Não disse nada. Acho que, se fosse o James, ele aceitaria.

Nós dois rimos, pagamos a conta e fomos visitar a dona Lila, mãe de James Lins. Ele havia mandado uma cartinha para ela, escrita em cima da perna fina.

No radinho do carro, ouvimos o noticiário da Eldorado:

– Fuga em massa na Penitenciária do Estado. – Olho para ela. Está lívida. Pega na minha mão, suando frio. Será?

Capítulo 8

Uma pequena samambaia

James Lins não fugiu da cadeia. Fez melhor que isso. Tinha muito o que conversar com ele. No dia seguinte à fuga, depois de me certificar com o advogado Jorge Varela de que ele estava muito bem preso ainda, voltei à Penitenciária.

James estava com a aparência bem melhor e usava uma cafoníssima corrente de ouro no peito. Barba benfeita, relógio de ouro no pulso.

– Todo mundo pensou que você tinha fugido.

James riu, riu muito.

– Você não me conhece, cara? Olha aqui a correntinha de ouro. E ainda estou com um saldo de quinze pacotes de cigarros.

– Não estou entendendo.

James faz ar de superior:

– Eu que fiz o plano de fuga. Item por item, etapa por etapa. Claro que cobrei os meus royalties. Já sou uma das pessoas mais ricas aqui de dentro. Já impus o meu respeito. Por favor, me chame de professor James, que é como todos me chamam. Foi um plano fabuloso, não foi? Leu nos jornais? Coisa de profissional!

– Mas por que você não fugiu?

– Tenho muitos planos para este lugar. Pode-se ganhar muito aqui.

– Maços de cigarros...

– Isso é apenas o começo, cara. Isso aqui é uma cidade de cinco mil habitantes. Contando parentes e amigos, temos uma população de uns 15 mil. Saio daqui para a Câmara Municipal. Que é lá o lugar de gente como eu. Viva, esperta.

Achei que ele estava delirando. Mas ele sempre foi assim. Seus planos sempre foram delirantes, sem o pé na realidade. Como o seu sanguinário crime, por exemplo.

– Você aceitou a proposta da Nicinha, não foi? O Honda Civic, que, aliás é meu, e os 50 mil dólares?

– Claro que não! Quero ter a liberdade de escrever o que eu bem entender.

– Mas você é um débil mesmo! Aceita, cara! Aceita, pega o carro e a grana e, depois, escreve o que quiser. Ela não tem nenhum recibo seu, nada. Como é que ela vai provar que te deu o dinheiro? Pensei que o dinheiro já estava na Suíça. É por essas e outras que você continua pobre.

– Não é bem assim!

– É assim, sim! Você é um babaca! A Nicinha não merece a menor consideração de ninguém. É a mulher mais má que eu conheci em toda a minha vida.

Resolvo mudar de assunto, antes que eu me desentendesse com o velho e trambiqueiro amigo.

– Os leitores estão querendo saber do crime. Querem que você conte detalhes do crime.

– Já? Mas aí, perde a graça.

James aponta para uma janela, a cela dele.

– Está vendo aquele vasinho? É meu. Cuido dele. É uma pequena samambaia. Está pequena. Mas vai crescer. Vai descer pela janela, até entrar na cela do meu companheiro de baixo.

James assume ar de poeta. Na adolescência, ele cometeu alguns pecados nessa área, fazendo acrósticos para as incautas mocinhas de Lins. O difícil foi quando ele namorou a Yara e não achava uma palavra começada com Y. Ele não se abalou e fez o versinho em espanhol: "Y ahora"... etc. Mas eu dizia que ele assumiu ar de poeta e completou o seu raciocínio sobre a samambaia.

– Meu crime é como aquela samambaia, companheiro. Começou pequeno, foi crescendo na minha cabeça, subindo pelos muros qual erva daninha até chegar ao tamanho que chegou e você sabe muito bem.

– Então me conta o começo dessa sua samambaia-crime.

Acendeu um cigarro, respondeu ao cumprimento de um colega que passava.

– Eu fiquei rico com a chantagem. Se você for observar bem, chantagem não devia ser crime. Porque, se você está chantageando alguém, é porque esse alguém está fazendo algo de errado. Impossível fazer chantagem com quem só age certo, certo? É mais ou menos como roubar de ladrão. Não tem cem anos de perdão? Tudo começou quando eu descobri que podia ganhar dinheiro fazendo chantagem com as pessoas. Insisto: não acho a chantagem nem crime, nem contravenção, nem nada ilícito. O chantageado que é o agressor da sociedade. Minha função sempre foi descobrir as pessoas certas para chantagear. Vamos começar com a samambaia ainda pequena, ainda semente no vasinho.

– James, você está parecendo uma bicha velha com essa história de samambaia pra cá, samambaia pra lá...

– Não enche o saco, cara!

Senti que ele se irritou. Quer mexer com os brios de um homem criado no interior, com aquela idade, é duvidar da virilidade dele. Não existe segmento da sociedade mais machista que essa turma.

– Você escreveu outro dia lá no jornal que eu voltei para Lins, depois que fui morar em Campinas, com um Simca Chambord e cheio de dinheiro no bolso, não foi? Foi minha primeira chantagem.

A história que ele me contou:

Passados pouco mais de seis meses, James Lins já estava enfronhado na sociedade campineira. Era locutor de um programa de rádio que se chamava *Sociedade em Frigidaire*. Dava notinhas das festas da cidade, aniversariantes do dia, casamentos, namoros, noivados etc. Aliás, segundo ele, Orestes Quércia fazia o mesmo num jornal local.

Foi se infiltrando, se infiltrando, até que era ele quem fazia as vezes de *disc-jockey* nas festinhas do Tennis Club, reduto da alta sociedade local.

E foi lá que ele conheceu a lindíssima filha do diretor do clube. Negou-se a me fornecer o nome da moça. Mas me disse que era "um avião virgem", louco para decolar, esquentando as turbinas na ponta da pista. Fazia de tudo, menos o essencial, levantar voo. E James ali, meses, na batalha. O que ele fazia – e ela não sabia – é que gravava os amassos que dava nela dentro do carro. Todos os ruídos, as palavras, as gemeções etc. E ia guardando aquelas fitas a sete chaves.

Um dia, a tal moça se apaixonou por um atlético e másculo professor de tênis do clube, deu o fora em James e deu para o outro.

James Lins espumava. James Lins sofria calado no seu quarto. James Lins precisava se vingar. Não teve dúvidas. Na noite de sábado, anos 60 a toda, todas as mocinhas na "brincadeira dançante" do clube. James colocando os rolos no gravador. Com a maior cara de pau do mundo, lá no meio da festa, soltou uma daquelas fitas. Tinha uma voz fanhosa. Todo mundo reconheceu a voz dela, dizendo aquelas barbaridades dentro do carro. Não ficou um minuto no ar, a moça invadiu a cabine de som de sombrinha na mão.

James se defendeu como pôde, trocou a fita escandalosa pela Celly Campelo cantando *Estúpido Cupido* e fez a ameaça final:

– Amanhã vou tocar a fita inteirinha no *Sociedade em Frigidaire*! A cidade inteira vai ouvir! Perco o emprego, mas essa eu não perco!

E abandonou o clube. Para sempre, é claro.

– Mas isso não foi um escândalo na cidade?

– Quem mora em Campinas deve se lembrar disso até hoje.

– E daí?

– E daí o quê?

– Colocou a gravação no ar?

Daí que, no dia seguinte, o pai da moça foi cedinho na pensão da dona Aurora, onde James dividia o quarto com um jogador da Ponte Preta.

– Você tem 24 horas para deixar a cidade! E quero todas as fitas que você gravou com a minha filha!

As negociações se estenderam até a hora do almoço, mais ou menos. Naquele mesmo dia, James Lins deixou Campinas e voltou para Lins. Sem as fitas. Mas com o Simca Chambord amarelo do velho diretor e mais algum no bolso. O mesmo Simca onde ele namorava e gravava as fitas. Estava nascendo, ali, o futuro do famigerado James Lins.

Ele acaba de contar a história e cai na gargalhada.

– Um Simca novinho, cara! Zerinho! Banco de plástico! Radinho e tudo o mais!

Depois James Lins foi para o Paraguai, vendeu o Simca, voltou para o Brasil e comunicou à seguradora que o seu carro havia sido roubado. O seguro pagou um carro novo. Um Aero Willys verde-pastel.

Ele jurou que esse caso era verdade e me entregou uma cartinha para a Teka.

– Não vai ler, hein? São coisas sinceras... Acho que, nesta idade, resolvi cortar as grades do meu coração.

Toca a sirene, fim da visita.

Capítulo 9

Duas cartas de amor

Carandiru, 7 de dezembro.

Minha querida Teka:

Espero que apesar do ocorrido tudo esteja na santa paz de Deus com você. Por aqui tudo bem. Quer dizer... Vamos levando não é mesmo? O nosso querido amigo tem insistido para que eu receba você aqui no "internato". Não sei o que você acharia disto tudo aqui. Mas se você quizer (sic) mesmo saiba que o seu nome está na minha lista de oito visitantes. Os advogados estão vendo os papéis com a Corregedoria.

A vida vai indo Teka. Imagine você que eu que sempre fui muito agitado tenho levado uma vida muito tranquila aqui dentro. O tempo demora para passar. Então invez (sic) de ganhar tempo, a gente tem que perder tempo. Tudo é feito muito lentamente. Eu demoro quase uma hora para amarrar os sapatos por exemplo. Faço tudo muito lentamente que é para o tempo passar mais rápido. Horas fazendo a barba, espremendo um cravo...

Mas como temos muito tempo para passar, usamos o tempo para pensar. Pensar no que fiz e no que farei no futuro. Pois espero sair daqui depois do meu segundo julgamento que ainda não sei a data certa para isso. E como tenho que pensar penso em você.

Penso em nós lá em Lins há quase trinta anos. Lembro de um maiô azul que você tinha com uma listinha (sic) embaixo. Você sabe que eu pensava que você usava enximento (sic)? Fico lembrando das minhas cartas cheias de erros ortográficos que eu te escrevia. Lembra? Você não vai acreditar mas tenho até hoje uma foto de nós dois dançando no Clube Linense foto esta feita pelo Mituo Shiguilhara (não sei se é assim que escreve). Soube que ele morreu num acidente de carro. Um grande fotógrafo o Gordo.

Fico pensando em tudo isso o dia inteiro. Penso na mamãe também e nos meus filhos coitados como devem estarem (sic) sofrendo. Mas um dia eles vão saber de toda a verdade e vão compreender o que eu fiz. Você também Teka quando eu sair daqui vou contar toda a verdade. Você sabe que eu nunca roubei. Isso nunca. Chantagem não é roubo. Chantagem num país como o nosso é uma questão de oportunidade e obedece a certas regras. Posso lhe garantir Teka que tornei-me o maior chantagista deste país. Tenho orgulho disso. Se um dia o país abrir uma Faculdade de Chantagem e acho que tudo indica que vai abrir darei aulas maravilhosas. Infelizmente foi essa minha atividade que me levou ao crime. Mas ainda não é hora para fazer esses comentários. Acho que eu poderia ser até Reitor dessa escola.

Mas eu estou me desviando do assunto. Estava falando que fico me lembrando do nosso tempo lá na quente Lins.

Você não sabe Teka mas depois que você se casou e mudou para Portugal eu sonhava quase todas as noites com você. Mas nem em sonho você me deixava beijar você na boca. Mas eu ficava a imaginar coisas. Nossa como a nossa imaginação naquele tempo ia longe.

Me lembro logo que a gente começou a namorar nem tinha pegado na mão ainda e o seu pai proibiu tudo dizendo que eu era maconheiro e não saía da zona. Quanto à zona era mesmo verdade o que é que a gente ia fazer naquele tempo se não tivesse a zona com a Veia Isabé com a Beiradinha não é mesmo? Mas maconheiro não! Vim a fumar maconha muitos anos depois já em São Paulo. E olha confesso que não gostei nada viu? Dá sono e uma bruta fome. Aliás quem me deu maconha pela primeira vez foi ele mesmo.

E por falar nele ele me disse que você tem cuidado da mamãe. Você não pode imaginar como eu te agradeço por isso.

Outro dia teve um casamento aqui na prisão. Um mulatão forte como o diabo com um travesti paraguaio. Você não pode imaginar a festa que foi. Já disse que não sei como as pessoas descolam as coisas aqui dentro. Mas tinha de tudo. Imagine você que o noivo estava de fraque e a noiva de vestido branco decotado muito bonito. Tinha salgadinhos doces vinho e tudo o mais. Uma música muito bonita altar e tudo o mais que se precisa numa ocasião como essa. Um pastor condenado por sadomasoquismo é quem fez a cerimônia. Fui padrinho da noiva. Dei de presente cinco maços de Minister. Foi o presente mais caro que ela ganhou. Depois teve a lua de mel no pavilhão 8 o mais barra-pesada. Mas todo mundo respeitou os noivos. Foi realmente uma festa inesquecível Teka.

Tenho jogado futebol também. No gol que a barriguinha não me deixa correr tanto como antes. Temos aqui um campeonato entre os vários pavilhões e o juiz nunca rouba apesar de estar condenado por assalto há (sic) mais de 50 anos. Mas é muito honesto. De vez em quando fazem a seleção do presídio para jogar com times de fora. Aí é uma festa. Outro dia a nossa seleção ganhou de 8 a 2 dos Bombeiros da Vila Carrão. Foi um jogaço.

A vida na cela não é tão monótona como pode parecer. Somos em doze na nossa. Muita gente boa. Estelionatários de primeira, ladrões especializados. Quando você vier aqui eu apresento todos eles. Tenho falado muito de você para eles. Todo mundo aqui respeita todo mundo. Às vezes um preso mata outro preso mas faz parte do sistema.

O que ninguém respeita aqui é estuprador. Esse com o perdão da má palavra eles estupram e depois matam.

O mais difícil é se acostumar com a comida. Fico deitado me lembrando da feijoada do Pandoro do carneiro do Casserole do pato do Kakuki de um bom sashimi da carne de sol do Andrade do arroz com feijão do Pé Pra-fora do pudim da dona Felicidade. E nunca mais na vida vou comer goiabada cascão.

Bem vou ficando por aqui na expectativa de receber logo uma cartinha sua e depois quem sabe uma vizitinha (sic) minha Perereca.

Sem mais abraços do sempre seu, James Lins.

P.S. – Desculpe mas vírgula eu não sei colocar mesmo entende?

*

São Paulo, 8 de dezembro

James,

Foi uma alegria muito grande receber a sua carta pelo nosso velho amigo. Apesar de alguns erros de ortografia – você não aprende mesmo! –, adorei tudo que você contou e senti um bom astral em você. Quanto às vírgulas, não se preocupe. Deu para entender tudo.

Sua mãe vai bem. Às vezes ainda chora um pouco, mas está com muitas esperanças num segundo julgamento. Eu também. Como você sabe, sou viúva e aposentada e então estou podendo ficar aqui em São Paulo mais uns dias, até que possa ir fazer uma visita para você. Não vejo a hora, James.

Assim como você tem as minhas cartas, eu tenho as suas. Tenho também muitas fotos, de aqualouco na piscina, do meu baile de debutante (foto feita pelo Iseo, lembra dele?), fotos de um piquenique na fazenda da Ruthinha (casou com o Alemão, sabia?) e mais mil e mil lembranças daquele nosso tempo.

Queria que você acreditasse em mim, James: nunca, jamais te esqueci. Pelo menos uma vez por dia, durante todos esses quase trinta anos, pensava em você. Mesmo depois do crime e da condenação, continuo a pensar em você. Acho que, agora, com mais intensidade. Minha atividade – professora de Educação Física – me permitiu manter o corpo, até certo ponto, em boa forma. Sempre pensando, um dia, quem sabe... Lembra de um filme que a gente viu juntos?: Um Dia Um Gato?

Apesar de você estar aí dentro, sinto que este dia está a se aproximar cada vez mais rapidamente. Por favor, não vá pensar que eu estou me oferecendo, não. Pensando bem, reli o que escrevi até agora e parece que eu estou me oferecendo, sim. Mas o beijo que não foi dado está entalado debaixo da minha língua. Nossa, meu Deus, já estou escrevendo baixarias.

Você, que sempre teve grandes planos para tudo, favor pensar num jeito para que eu possa fazer uma "visita íntima" aí. Ele me disse que só a esposa – e mesmo assim tem que ser casado há mais de cinco anos – é que pode. Não sei se aguentaria ficar te olhando no pátio o tempo todo, entende?, sem querer resolver aquele problema que temos do beijo, não é?

Reli a carta de novo e acho que estou falando do mesmo tema há horas. Deve estar muito monótona. Não é como a sua, cheia de novidades. Adorei a história do casamento do travesti. Cuidado com eles, hein? Desculpa, não devia ter dito isso, afinal... Deixa pra lá.

O que importa é que fiquei felicíssima com a sua carta. Como você tem muito tempo, escreva bastante. Será sempre um grande prazer. Espero que os advogados estejam mexendo os pauzinhos para eu ir visitá-lo quanto antes.

Por mais que tente, James, não consigo imaginar o que foi que te levou a cometer esse crime. Tenho certeza de que, pessoalmente, você me explicará tudo. Boa sorte.

Um grande beijo da sempre sua, Teka.

P.S.-1 – Desculpo seu deslize me chamando de Perereca. Você sabe muito bem quem é a Perereca.

P.S.-2 – Segue, junto, a cartinha da sua mãe. Não deixe de escrever para ela. Vai ser uma alegria indescritível.

Outro beijo.

Não fuja. Confie em Deus e na Justiça. E no meu eterno carinho.

Capítulo 10

No tempo da Gaúcha

JAMES ME MOSTRA a cartinha da mãe, com os olhos vermelhos, cheios de lágrimas:

A Justiça de Deus, meu filho, é a que vale.

Tenho rezado durante todo o dia e toda a noite por você. E pelos seus filhos, meus netinhos tão queridos. Nossa Senhora de Fátima irá te ajudar. Lembre-se do que dizia o Padre Tomaz de Aquino: por mais baixo que se caia, jamais se cai dos braços de Deus. Tenho certeza de que os braços de Deus estão estendidos no seu caminho, que é o caminho da Luz, do arrependimento e da verdade. Fique com Deus, meu filho. Que Ele o proteja sempre e o ajude nessas horas difíceis. Com todo o amor, sua mãe que o ama. Lila.

PS – Segue um pacote de cigarros. Fume pouco, meu filho.

Li e reli a cartinha da minha querida dona Lila, escrita com o coração no Céu e os joelhos no chão, diante de algum altar de Deus.

Durante esse tempo, James limitou-se a enrolar um cigarrinho de palha que eu trouxe para ele. Resolvi quebrar o gelo.

– E então, como vão seus planos para ficar milionário aqui dentro?

– Daria tudo por uma dúzia de ostras gratinadas agora. Com uma gotinha de limão em cima. Talvez um tabasquinho também.

James não estava mesmo a fim de conversar. Convidou-me para dar voltas com ele pelo pátio do pavilhão 2. Andamos em silêncio. Todo mundo já conhecia James lá dentro. Educadamente ele cumprimentava a todos com um leve abaixar de cabeça. Parecia um velho coronel andando por suas terras no Nordeste.

– Você vai fazer o seguinte, cara. Você vai se encontrar outra vez com a Nicinha e roubar os documentos dela.

– Ficou louco?

– Você é meu amigo ou amigo dela?

– Não se trata disso.

Explicou-me o seu plano: eu deveria me apoderar dos documentos dela e fazer com que a Teka se passasse pela Nicinha, para a visita. Assim eles poderiam ter a tal da "visita íntima".

– Não vai dar certo.

– Você é meu amigo ou amigo dela?

Longa pausa.

– Sabe o que a gente mais pensa aqui, o dia inteiro? Deus e sexo. O dia inteiro.

– E como é que vocês resolvem?

– Com Deus é simples. Reza-se muito aqui dentro. Deus existe, sabia? Deus é uma luz!

Meu Deus, o homem vai pirar aqui dentro. Logo ele, que foi tão iconoclasta a vida toda. Ele que soltava pum em confessionário.

– Agora, quanto a sexo, a gente faz justiça com as próprias mãos. Com o tempo que a gente tem aqui dentro, fico lembrando de todas as mulheres com quem já transei. Desde a primeira, a Gaúcha, lá na zona de Lins.

James Lins, Bambolê e Kid, durante muito tempo enganaram as mulheres da chamada vida fácil em Lins. Eles se vestiam de branco, arrumavam o estetoscópio do pai do Bambolê, grande cirurgião local, e iam para a zona, de tarde.

– Somos da Faculdade de Medicina de Marília e viemos fazer a inspeção sanitária do mês. Todas peladas.

E todas ficavam peladas, felizes, diante de médicos tão jovens e simpáticos. Fechavam a janelinha da porta, apagavam a luz vermelha na entrada e começavam os "exames ginecológicos". E chegavam à cara de pau de receitar Tetrex para algumas delas. Depois, as pobres moças, em agradecimento, davam de graça.

Foi numa dessas visitas sanitárias que James conheceu a Gaúcha, uma loirona peituda, com uma mordida nos seios. Apaixonou-se por ela, queria montar casa, tirar a menina da vida etc. Foi uma luta convencer James Lins do contrário.

Foi mais ou menos nessa época que chegou a televisão em Lins. *O direito de nascer*. Começo dos anos 60. Claro que a televisão ainda era em preto e branco em todo o Brasil. Mas James inventou a televisão em cores em Lins, nessa época.

O que ele fazia? Pegava um plástico do tamanho da tela da televisão e pintava – em listras horizontais – cores. Depois de adaptado o plástico à tela, as pessoas viam as imagens num certo degradê estranho. De cima para baixo: vermelho, amarelo, verde e azul. Ou seja, a pessoa ficava com os cabelos vermelhos, a cara amarela, o peito verde e as pernas azuis. E ele vendeu muito aquilo, garantindo que nos Estados Unidos a televisão em cores era daquele jeito.

Agora sentamos de novo no banquinho rústico de madeira.

– E então? A samambaia cresceu?

– Como?

– O seu crime, James? Vamos contar mais um pedaço?

– Desculpa, estava distante. Estava pensando na Gaúcha. Onde andará a Gaúcha uma hora dessas? Deve estar com uns 70 anos...

– Ou mais...

– Mas te juro que, nas atuais circunstâncias, ela quebrava o meu galho.

Volto ao crime.

– Você falava que virou chantageador profissional. Até aí, tudo bem. Mas como é que você chegou a fazer aquilo, a partir de chantagens?

– Era inteligente, a Gaúcha. Me lembro que ela lia Erico Verissimo. Adorava a Ana Terra. Bons tempos, cara, bons tempos.

– Você percebeu que a gente só fala do passado?

– Claro. A única coisa que o homem consegue criar é o passado...

Fiquei olhando admirado para ele. Estava começando a filosofar.

– Quero ver a Teka domingo. Não aguento mais!

– Mas eu não vou roubar documento nenhum da Nicinha. Para dizer a verdade, quero ver aquela mulher longe de mim. Posso tentar pelo jornal, essa tua visita.

– Seria maravilhoso. Fala com o Ruizito. Já tomamos muita cerveja juntos, no Carreta. Fala que é aquele amigo do Samir, que ele vai lembrar.

– Não prometo nada.

– Você tem que colocar a Teka aqui dentro, cara! Tem! Está me entendendo? Tem! Se você não colocar logo a gente junto, o público vai deixar de ler. Tá muito bate-papo a história. Não era você que dizia que toda narrativa tem que ter ação? Lembra daquela palestra que você fez no Mackenzie? Tá faltando ação, cara!

– Lembro. Mas o que todo mundo quer saber é sobre o crime. Todo mundo quer saber detalhes do crime.

– Vamos com calma. Você precisa ficar preso uns tempos para acabar com essa pressa. Calma, vamos com calma. Temos todo o tempo do mundo.

– Você manda.

– Antes, eu quero contar a história da minha separação da Nicinha. Em detalhes.

– Ela não vai gostar, hein? Vai contar da cueca e tudo?

– Claro, a história da minha separação, sem o caso da cueca, não tem graça nenhuma. Liga o gravador aí que esta eu quero contar com as minhas próprias palavras. Posso começar?

Capítulo 11

A cueca, o prefácio e o golpe

A HISTÓRIA DA (primeira) separação de James Lins e Nicinha, segundo gravação feita por ele, diretamente do Carandiru:

"Em Lins, naquela época, não tinha motéis. Então a gente tinha que ir com as meninas para as estradas. Na estrada que ligava Lins a Promissão, tinha uma quebrada que era conhecida por todo mundo. Um dia, a Nicinha me encheu tanto a paciência que eu resolvi pegar o Aero Willys e dar uma volta. Estava descendo a 7 de Setembro quando vejo a Lindeza e a Beleza.

"A Lindeza e a Beleza eram duas irmãs muito feias. Mas é o que a gente dispunha naquela época. Peguei a Beleza e fui para a estrada. Chovia muito. Pegamos a quebrada de terra, encostei o meu carro, esperei a chuva parar, saímos do carro, tiramos a roupa e estávamos ali, ao deus-dará, quando uma luz, de um outro carro, surge lá na entrada, na estrada asfaltada. Nós nos vestimos correndo, fiz a manobra com o carro para voltar. Nisso, o sujeito que ia entrando viu que eu já estava lá, deu marcha a ré e foi embora. Saímos novamente do carro, tiramos a roupa e ficamos por lá uma hora, mais ou menos. Depois nos vestimos e fomos embora.

"Voltamos para a cidade, deixei a Beleza na Vila Garcia e ainda fui comer um churrasquinho no Bar do Mário. Cheguei em casa umas duas da manhã, a Nicinha já dormindo, entrei devagarzinho no quarto, tirei a roupa e me deitei. Ela não percebeu a hora que eu cheguei.

"Mas me acordou logo cedo:

"– Onde foi que o senhor foi ontem à noite?

"– Tava no Bar do Mário tomando umas.

"– No Bar do Mário, é? E como é que o senhor me explica esta marca de pneu na sua cueca?

"Abri melhor os olhos e ela mostrava a bandeira. Minha cueca branca com a marca de barro feita pelo pneu do meu carro. Transversal.

"Entendeu? A primeira vez que eu me vesti, quando vi o outro carro entrando, esqueci de colocar a cuecona, manobrei por cima da danada. Passei dois meses no Lins Hotel. É impossível qualquer argumento diante da marca de um pneu na cueca da gente. Pode desligar o gravador."

E ria, ria muito o meu amigo James Lins.

– Depois ela me perdoou. Foi a nossa primeira separação. Depois é que a coisa foi ficando mais preta.

– Ela não vai gostar de ler isso no jornal.

– Dane-se! (Não foi bem "dane-se" que ele disse.)

Depois me entregou um texto escrito num papel de pão.

– Dá uma lida nisso, coloca as vírgulas e corrija os erros. Nunca vou entender direito esse negócio de s ou z; x ou ch.

– O que é isso?

– O prefácio, ué!

– Que prefácio?

– Ué, a gente não combinou de transformar isso aqui num livro? Meio a meio? Então. É o prefácio do livro.

– Mas já?

– Orra, meu, eu não tenho o que fazer aqui dentro, fiz o prefácio. Dá uma lida e vê se está bom. Aliás, a gente precisa conversar melhor sobre essas porcentagens.

– Como assim?

– Como, como assim? Eu conto a minha vida para você, já escrevi até o prefácio e você leva metade?

Senti nesse momento que James estava começando a dar o golpe em cima de mim, um dos seus melhores amigos. Normal, partindo dele. Senti que este relato aqui ia acabar em briga. Deixei a discussão de lado e comecei a ler o prefácio dele:

O PLAYBOY *QUE DEU CERTO*

Tudo começou quando eu vi, pela primeira vez, Juventude Transviada, *com o James Dean. Dias depois, quebramos todo o Cine São Sebastião, em Lins, quando passou um filme com Bill Halley e Seus Cometas. Depois a gente invadiu o cemitério e barbarizou.*

Não era apenas eu que queria ser playboy *em Lins. Toda a minha turma. A gente andava de preto, de lambreta vermelha, usava casaco no estilo James Dean, topete, mascava chicletes, tomava Coca-Cola com Melhoral e ficava doidão.*

Ser playboy era ir mal na escola, jogar tinta nas costas dos padres, rir alto na missa, dar tiros em gato, pegar o carro do velho de madrugada, tomar Cuba Libre até cair, cheirar lança até desmaiar, pegar na mão da namorada no primeiro dia, usar cabo de aço na cintura, roubar leite de madrugada na porta das casas, ir nas brincadeiras dançantes sem terno, dar cambalhota do segundo trampolim na piscina, fechar casa na zona, ficar dentro do armário do banheiro nas festinhas das meninas, bater nos meninos mais novos, tentar namorar as meninas mais velhas, repetir de ano duas vezes seguidas, cartear marra nas esquininhas, torcer contra o glorioso Linense, soltar pum no confessionário, roubar vinho de missa, matar aula e ficar na pracinha fazendo absolutamente nada, não ouvir pai e mãe, só pensar em coisa feia, matar passarinho com estilingue, roubar cabrito e assar, roubar galinha e comer, pular o muro da piscina e nadar escondido de noite, roubar o barbeador dos pais das meninas nas festinhas e voltar lá no dia seguinte para ver se o velho estava com a barba crescida, se trancar nos banheiros das casas de família e barbarizar com o papel higiênico e com a pasta de dentes, colocar a bunda na janela do carro e atravessar a praça principal, quebrar lâmpadas da prefeitura, dar trotes eróticos nas velhinhas beatas (tinha umas que adoravam), tocar o sino da igreja fora de hora, dançar twist com o pinto de fora, ser completamente amoral, ler O Apanhador em Campo de Centeio, *traduzido por nós, como* O Masturbador em Campo de Pentelho *etc. etc. etc.*

Ser playboy *era uma necessidade da minha geração.*

Poucos conseguiram ser playboy *a vida toda. Não sou, como diz o autor destas mal traçados linhas, "um* playboy *que não deu certo". De toda a minha geração, de toda a minha turma de Lins, apenas eu sobrevivi na condição de* playboy. *Eu sou um* playboy *que deu certo. Tenho o meu conversível e só uso camiseta vermelha, até hoje. Já é alguma coisa.*

O que vocês vão ler a seguir é a minha vida e o crime que eu não cometi e pelo qual fui condenado a 268 anos de cadeia. Até o décimo primeiro capítulo, foi escrito pelo Mario Prata. A partir do décimo segundo, foi escrito por mim mesmo, já que o primeiro autor não estava dando conta do recado e estava deturpando a minha vida e a dos que me são caros. Divirtam-se e reflitam sobre a minha vida, UM PLAYBOY *QUE DEU CERTO!*

– O que é isso? – eu disse boquiaberto e lívido.

– O prefácio.

– Não, essa história de você escrever a partir do próximo capítulo.

– Foi isso que você entendeu! Não está bem escrito, o prefácio?

– Sim, com algumas correções...

– Se a vida é minha, se eu escrevo bem, por que é que tem que ser você que escreve? É isso aí. Quem vai escrever sou eu.

– Em absoluto! Quem vendeu a ideia para o jornal fui eu! O escritor aqui sou eu!

– Ou eu escrevo ou eu não te conto mais nada. Principalmente os motivos e o crime propriamente dito. Só eu sei essa parte em detalhes. E é isso que o público está querendo saber.

– Você não vai fazer isso comigo, James!

– Já fiz, cara. Já fiz! Eu escrevo e você faz as correções. Setenta por cento para mim e trinta para você. De tudo: do jornal, do livro, da minissérie para televisão, do filme, o escambau. Pensa nisso. É melhor que nada.

– Você está louco...

– Eu escrevo melhor que você. Deixe sair este prefácio que você vai ver... Voltamos a nos falar.

Capítulo 12

Personagem x criador

NOTA DA REDAÇÃO:

O jornalista e escritor Mario Prata e o presidiário José Augusto Magalhães E. Soares, dito James Lins, desentenderam-se no cumprimento daquilo que haviam combinado com a direção deste jornal. Mario, de escrever a vida e o crime do bandido James e, James, de narrar ao primeiro as suas façanhas que culminaram com a sua condenação a 268 anos de reclusão.

James, chantagista confesso, ameaça não mais contar nada e assim terminar com esta minissérie. E mais, acha-se no direito de ele próprio escrever as suas memórias. Por outro lado, o jornalista Mario Prata não abre mão desta história criada por ele. O Estado de S. Paulo, *democraticamente, pediu aos dois meliantes que escrevessem um depoimento expondo seus pontos de vista. O de James Lins passou por uma revisão.*

*

JAMES LINS:

Escrever, para mim, é um prazer. Não um caça-níqueis como é para o meu amigo Mario Prata. Escrever sobre a minha vida é um prazer ainda maior. Ninguém sabe o que vai lá pelo meu íntimo, ninguém conhece os motivos que me levaram a esta condenação.

Mario Prata é um bom escritor (um pouco escatológico para o meu gosto), é meu amigo desde a infância, lá em Lins. Mas os leitores hão de convir comigo que ele está me explorando.

O que faz o jovem escritor? Vem me visitar todos os sábados e domingos, traz um gravadorzinho contrabandeado e grava todas as minhas histórias, pede para a Andréa (secretária dele) colocar tudo no micro e, no fim de cada mês, vai receber o dinheiro. Está certo que ele estava me dando metade da grana. Mas vocês acham isso certo? De quem é a vida? Quem é que está preso? Quem é que está condenado? Ele? Ele, não! Continua levando a vida aí fora, me desculpem, às minhas custas.

Sim, o que eu estou fazendo é chantagem. Com ele e com o jornal. Não nego. Como também não nego que sou um chantagista de primeira. Vivo disso há muito tempo. Não pensem vocês que ser chantagista é fácil, é moleza. É uma profissão difícil como todas as outras. Requer técnicas, estudos, cultura geral e um bom relacionamento na sociedade para se saber quando, onde, por que chantagear.

Tudo isso eu posso vir a contar para vocês se a direção do jornal, por bem, deixar que eu continue a escrever a MINHA vida, no lugar do já mencionado escritor e jornalista.

Ele tem deturpado a minha vida. Aquela história do primeiro capítulo, por exemplo, que a mãe me pegou dentro do armário fazendo aquilo com outro garotinho, aconteceu sim. Só que foi com um primo dele e não comigo. A Teka que ele escreve aqui não tem nada a ver com a verdadeira Teka. E mais, ele é medroso. Tem medo da família da Nicinha, que ameaça processá-lo. Portanto, ele tem o rabo preso com pessoas e instituições, ao contrário de mim, que tenho o rabo preso apenas à minha cama, aqui no pavilhão 2.

Quando digo que não quero mais que ele escreva, não há nada de pessoal nisso. Estou escrevendo estas linhas a pedido do Aluizio Maranhão, digníssimo diretor de redação deste prestigiado matutino, repito, estou escrevendo estas linhas apenas para que a direção do jornal e você, meu leitor, possam decidir quem é que tem o direito, o dever e a habilidade para continuar com esta minissérie.

Claro que o senhor Prata vai insinuar que o que eu quero é dinheiro. É verdade. A vida é minha, caro leitor.

E se o autor continuar a insistir, serei obrigado a escrever, aqui da minha cela, a vida dele. Sim, sei tudo sobre o senhor, meu caro amigo. O senhor não vai querer que eu conte a sua vida, a sua infância lá em Lins – está me entendendo? –, com todos os pormenores que eu sei. Vai querer que eu conte as aventuras do senhor seu avô? De como o senhor seu pai conseguiu, no Colégio Salesiano, que o senhor se formasse? Nem de português o senhor era bom aluno.

Sei que isso é chantagem. Mas é tudo que eu sei fazer.

Essa é a minha vida. Quanto ao jornal, não creio que seria interessante um processo por difamação, perdas e danos. Isso não é chantagem, senhor Maranhão, mas é apenas para preservar a história de glória do jornal e não levá-lo ao banco dos réus.

Quanto ao seu escritor, se ele insistir em me prejudicar, vou ser obrigado a assumir também a coluna dele de quarta-feira. Com foto e tudo.

Confiando na Justiça de Deus e da Imprensa, modestamente me despeço.

Ass. José Augusto M. E. Soares, James Lins.

*

MARIO PRATA:

Não é a primeira e nem será a última vez que um personagem se rebela contra o autor. Criador e criatura, às vezes, acabam se desentendendo.

James Lins existe? Claro que sim. Mas para que ele tomasse e corpo aqui neste espaço era necessário um escritor e jornalista. Jornalista para pesquisar a sua vida, levantar dados. Escritor para dar cor ao personagem, movimento, vida, ação.

Portanto, além de existir, James Lins é um personagem. Um personagem meu, insisto. Na classe teatral, há um bordão que os diretores dizem: “detesto autor vivo”. Sim, porque é mais fácil montar autor morto, que não está ali, todo dia, dando palpites no trabalho do encenador. Esse mesmo bordão, um pouco modificado, serve agora: “detesto personagem vivo”. E, no caso presente, “vivo” nos dois sentidos.

O que pretende o senhor James Lins? Fazer esta chantagem para ser ele o autor da história. Por dinheiro e pelo prazer de se tornar, da noite para o dia, um escritor lido em todo o Brasil.

Não cedo às pressões de um presidiário que cometeu o crime que ele cometeu. Se o jornal achar por bem que ele deva continuar a narração de sua vida, acato. Irei preparar outra minissérie. Dessa vez, a vida de algum personagem morto que não venha aporrinhar o meu trabalho.

Estava tratando este MEU personagem com todo o respeito do mundo. Não deturpava nada, como ele afirma. Apenas floreava algumas situações para que a informação chegasse com mais leveza ao caro leitor.

Dona Lila, minha querida dona Lila, mãe do condenado James Lins, me telefonou hoje cedo pedindo que eu abra este espaço para que o filho possa se defender. Mas era isso que eu estava fazendo, dona Lila. Estava encaminhando a história para chegar ao crime e ele mesmo poder se explicar diante da Justiça, de Deus e dos leitores. Mas é a ganância dele, dona Lila, que faz com que ele tente puxar o meu tapete. Infelizmente não há tempo para se fazer um plebiscito entre mim e ele. Que o jornal decida da melhor maneira possível. Soube que ele já anda conversando com o diretor de redação. Parece que os meus dias estão mesmo contados. Acho que, se conversássemos os três juntos, chegaríamos a um acordo com esse Frankenstein do Carandiru que se insurge contra o seu criador.

Ass. Mario Alberto C. de Morais Prata

NOTA DA REDAÇÃO II:

Após uma reunião de mais de três horas na sala do diretor de Disciplina da Penitenciária do Estado, senhor Leite, entre um representante do jornal e as duas partes envolvidas, chegou-se às seguintes conclusões, amistosamente:

1 – James Lins assinará, a partir do próximo capítulo, esta minissérie;

2 – Caberá ao escritor Mario Prata, autor original da ideia, a revisão do texto e a elaboração de notas de "rodapé";

3 – Ambos receberão o mesmo salário do jornal;

4 – Ambos concordaram que não acionarão judicialmente um ao outro;

5 – Haverá uma mudança no subtítulo da obra. No lugar de O PLAYBOY QUE NÃO DEU CERTO, *sairá* O PLAYBOY QUE DEU CERTO.

Capítulo 13

No princípio era a verba

ENTRE AS INÚMERAS incorreções que o senhor Mario Prata cometeu aqui, em capítulos anteriores, uma se refere às minhas prisões. Não sabe o autor qual foi a minha primeira prisão, uma vez que bolei um plano fabuloso para que ninguém na cidade (Lins) se inteirasse dela.[1]

Estamos em 1966, fim de ano. A moda eram os Beatles.

Os cabelos começavam a crescer. Minhas ideias também. Eu tinha um belo topete regado a Trim. Estava começando a namorar a Nicinha. Precisava de dinheiro. Já estava com 24 anos e tinha acabado de concluir a duras penas o curso colegial, com as piores notas. Era o aluno mais velho do Salesiano. Precisava de dinheiro.

Para quem não sabe, Lins fica no extremo oeste do estado. Atravessa-se um estado e está-se no Paraguai. Contrabando. Fui preso na divisa do Mato Grosso (hoje do Sul), com 500 camisas de *banlon* e várias

[1] *Eu sabia sim, James, apenas não havia contado ainda.*

caixas de lança-perfume. Fora uns uísques que eu comprei para mim mesmo. E uns perfumes franceses para a Nicinha.

Fui transportado num jipe militar para Lins, onde cheguei de madrugada e fui encarcerado numa cela com mais cinco ilustres hóspedes, entre eles meu amigo Visgo. Já disse que tinha uma vasta cabeleira. A primeira coisa que fizeram foi raspar[2] a minha cabeça a zero. Felizmente não tenho nenhuma foto dessa minha fase. O importante é que ninguém em Lins sabia que eu estava preso. Apenas o meu advogado, o doutor Sundar.

E foi ele quem me disse que eu deveria ficar pelo menos um mês ali, internado. Escrevi uma carta para os meus pais e outra para a Nicinha dizendo que ficaria uns dias em Foz do Iguaçu. Mas como é que eu iria sair com a cabeça raspada lá de dentro? Naquela época, quem tinha cabeça raspada ou havia entrado na faculdade ou era presidiário.

Foi aí que eu tive uma ideia brilhante. Meu advogado fez a minha inscrição para o vestibular da Faculdade de Veterinária, por procuração. E eu passei a estudar. Matemática, Português, Física, Química, Biologia, Inglês. Estudava o dia inteiro. E ainda dava umas aulas de Inglês para o Visgo, que tinha planos de expandir seus contrabandos até Miami, em sociedade comigo, é claro. Ele aprendia comigo o inglês e eu, com ele, o malandrês.

O fato é que durante um mês, não tendo mais nada a fazer, eu estudava. Por sorte (eu sempre tive muita sorte na vida) saí um dia antes do vestibular, fiz as provas com

[2] *Rasparem, no original.*

uma peruca que roubei do acervo do teatro do Salesiano. Não só entrei na faculdade, como entrei em segundo lugar, perdendo apenas para o Teté, que sempre foi o maior CDF da cidade.[3] No dia seguinte, apareci em casa de cabeça raspada. Minha mãe chorava de alegria. Meu pai me deu uma festa e a Nicinha deixou eu pegar no peito dela na segunda sessão, no Cine São Sebastião. Era um filme com o Zé Trindade: *O negócio é perguntar pela Maria*.

Foi esta a minha primeira prisão. Claro que eu não segui o curso de veterinária. Tinha coisas mais sérias para pensar. Precisava ganhar a vida e provar para os pais da Nicinha que eu não era um qualquer. A Teka estava estudando, em Ribeirão, Educação Física e não queria mais saber de mim. Aqui um parêntese: Teka vem me visitar hoje à tarde. Não será uma "visita íntima", como queríamos, porque o Mario Prata não conseguiu os documentos necessários, mas será uma visita.[4] Não nos falamos há muitos anos.

Mas voltemos aos fatos. Em Bauru, na Casa da Eny, um prostíbulo de luxo, conheci Osória, uma cafetina argentina de uns 30 maravilhosos anos, que se apaixonou por mim. Sim, foi nos braços de Osória que me mudei de mala e cuia para São Paulo. Foi ela quem me arrumou o meu primeiro emprego na Capital: cafetão, motorista e guarda-costas.

[3] *Comenta-se, em Lins, que ele teria comprado as provas. A faculdade nega veementemente até hoje.*

[4] *Não consegui porque ele queria que eu roubasse os documentos da ex-mulher para a Teka entrar como se fosse a Nicinha pois, só assim, eles teriam direito a uma "visita íntima".*

Foi quando eu comecei (profissionalmente) a minha carreira de maior chantagista do país. Comecei com a mulher de um deputado cliente da Osória. Tinha fotos dele e um filme em super 8. Chantageei muito o coitadinho. Depois, quando já tinha arrancado tudo dele, comecei a fazer chantagem com o vereador que tinha interesse em sair para senador (isso foi antes do AI-5). Coitado, ele acabou desistindo da candidatura, mas não abandonou a putaria. Hoje é prefeito de uma cidadezinha do interior e o casal tem seis filhas.

Quando cheguei aqui na Casa de Detenção, uma das primeiras cartas que recebi foi desse nobre deputado. Dizia apenas: "A Justiça tarda, mas não falha".

Logo depois disso foi que eu me meti no movimento estudantil universitário. Consegui uma carteirinha de estudante do Grêmio da Filosofia e frequentava todas as assembleias da classe. Nessa época, o Mario Prata estudava Economia na USP. E eu ficava por ali, ouvindo as conversas, os planos, as passeatas. Não, eu não era da esquerda e muito menos da direita. O que eu queria era comer as menininhas da faculdade e fazer chantagens com os líderes. Não, eu nunca entreguei ninguém. Ninguém pode me acusar de dedo-duro. Isso, não. [5]

O que eu fazia era pouco, perto do que comecei a fazer depois. Comprei um mimeógrafo e rodava todos os manifestos da classe. Mas deixava no ar um clima para que todos desconfiassem de mim. Mas já estava bem infiltrado com as lideranças todas. E então eu metia a faca. Cobrava caro. Cada vez mais caro, e eles não tinham co-

[5] *Tenho as minhas dúvidas...*

ragem de tirar o serviço de mim. Os manifestos que iam para os jornais, informando dos embaixadores sequestrados, por exemplo, saíram todos do meu mimeógrafo. Vivi um ano rodando textos para os jovens comunistas da USP. Comi muito a Maçã Dourada.

Hoje, acho engraçado ter começado profissionalmente como cafetão e ter me infiltrado no movimento estudantil. Apenas um mimeógrafo. E, para cometer o tal crime, este que me condenou aos 268 anos de prisão, precisei de muito mais. Muita tecnologia de ponta foi usada. Binóculos, lunetas, filmadora VHS, microfones de longo alcance, um PC 486 da IBM.[6] E a metralhadora, é claro. Além do apartamento de alto luxo que eu tive que alugar para desenvolver minhas ideias malignas.

O mais difícil foi alugar aquele apartamento na Rua Peixoto Gomide. Aluguel muito caro. Dois mil dólares por mês, durante um ano. Que foi o tempo que levei para praticar o "crime". Precisava, portanto, de 24 mil dólares para o apartamento e mais 20 mil para comprar toda a aparelhagem necessária para esta que eu reputo a maior chantagem já bolada por um brasileiro. Infelizmente acabou mal a história e eu estou aqui nesta cela. Mas já tenho televisão.

Acho que, como primeiro capítulo escrito por mim, este até que não está mal. Agora vou me preparar para receber a Teka. Depois conto tudo sobre o encontro. E como foi que consegui os 44 mil dólares para a minha maior e mais bela chantagem. E extorsão.[7]

[6] *Tudo contrabandeado, é óbvio.*

[7] *Coloquei 75 vírgulas no mal escrito texto dele.*

Capítulo 14

Pavilhão 2, a ilha do amor

NO DOMINGO, RECEBI a visita da psicóloga Ana Verônica Mautner, recomendada pelo Mario Prata, que, por sua vez, recebeu a recomendação do Ricardo Carvalho, da Argumento. O argumento usado pelo escritor foi a preparação para o meu encontro com a Teka, depois de tantos anos. Será que ele temia alguma agressão contra esta mulher que eu amei há mais de trinta anos? E talvez ainda ame?[8]

A doutora Verônica me encantou. É uma mulher rápida, raciocínio direto. Pensei que ela (e o autor) estivessem preocupados com a aproximação com Deus que eu venho tendo, aqui dentro. Mas não. Depois de falarmos por mais de duas horas e darmos boas risadas (como ri gostoso, a psicóloga), ela resumiu o que poderia ser o meu encontro com a Teka, com uma frase, no mínimo, sábia:

[8] *Você nunca amou e nunca vai amar ninguém, James Lins. Você tem medo. Como todo canalha, você ama apenas você mesmo. Mulher, para você, sempre será apenas pelo prazer.*

– O primeiro reencontro nunca será o reencontro definitivo, Pode haver uma estranheza de um para o outro.

No final do encontro, ela me deu duas alcachofras, preparadas por ela mesma, um beijo e eu me senti abençoado por Deus e pela psicanálise para enfrentar o meu amor de adolescente, a Teka.[9]

Teka chegou depois do almoço e das alcachofras. Nos cumprimentamos como se a gente tivesse se visto muito durante os últimos trinta anos. Os dois disfarçando a emoção. Ela, para puxar assunto, ficou reclamando da vistoria rígida por que passou.

Claro que, nos primeiros momentos, um ficou a observar o outro fisicamente. Confesso que, no início da conversa, fiquei encolhendo a barriga. Ela está ainda muito bonita. Alta como eu, magra, com tudo no lugar. Quando ela sorria, uma pequena ruga aparecia no canto dos olhos verdes. Mas era pequena.

Começamos a conversar muito lentamente. Cuidadosamente. Eu não queria falar sobre o crime com ela. Mas ela também, educadamente, não tocou no assunto. Falamos sobre a nossa juventude, sobre Lins. Ela me contou de muita gente que tinha morrido e eu ainda não sabia. O Moneyzinho, por exemplo, em acidente de carro.

Às vezes, um silêncio pesado e chato se fazia entre nós dois. Ela chamava a atenção ali no pátio de visitas. Companheiros passavam e me cumprimentavam. Sabiam quem era ela. Eu já havia falado muito dela, na minha cela, para os onze companheiros. Ela cumprimentava a

[9] *Falso!*

todos e eu ia dizendo o crime de cada um. Alguns eu amenizava, para não chocá-la muito, como o caso do professor Ulisses, que tinha matado a sogra e jogado o corpo dentro de um poço cheio de cascavéis. Mas é gente muito fina o professor Ulisses. Professor de Português da escola pública.[10] Comunista. Mas isso não vem ao caso. Vamos voltar à Teka.

Estávamos os dois em silêncio. De repente, ela abaixa a cabeça e começa a chorar. No começo devagarzinho, depois aos prantos, tirou o lenço, assoou o nariz, me pediu desculpas, eu disse o que é isso, imagine, e passei a mão nos cabelos dela. Acendeu um cigarro, me ofereceu. Falou da mamãe. Falou dos meus filhos. Falou da solidão dela de viúva. Chorou mais. Eu não sabia que assunto puxar para colocá-la noutra situação.

– Se antes a distância já nos separava, James, agora vai ficar ainda mais impossível.

– O que você quer dizer com isso?

– Isso mesmo. Que é impossível.

Ficamos em silêncio um bom tempo. Teka tomou a iniciativa de pegar na minha mão. A princípio, delicadamente. Depois, suando os dedos, apertava os meus. Em seguida, encostou o rosto no meu e, quando eu já estava comentando do enterro dos velhinhos, ela me deu um beijo na boca. Enfiou a língua com violência dentro da minha boca. Eu não tive tempo de dizer que "ali no pátio não podia". Era um beijo guardado havia quase

[10] *Por que você não pede a ele que coloque as vírgulas para você e me poupa desse trabalho ridículo?*

trinta anos. Meus companheiros de cela, que sabiam que esse beijo poderia acontecer, fizeram uma roda em torno de nós, para que a segurança não nos visse. Ficamos ali, numa ilha, cercada de bandidos por todos os lados. Quando eu me senti protegido por eles, entrei no beijo para valer. Quando percebi, já havia metido a mão dentro da blusa dela e seus seios ainda estavam hirtos como eu imaginava que fossem na nossa adolescência. Meus companheiros ficaram todos de costas para nós[11] e nós dois, ali, no pátio interno do pavilhão 2, correndo contra o tempo, fizemos amor em cima do banquinho de madeira. Foi uma coisa rápida, pensaria depois. Nem tão rápida assim. Tivemos ali, naquele momento, uma relação sexual de 30 anos em 30 segundos.

– Meu Deus, o que foi que eu fiz? – foi a única coisa que ela conseguiu dizer. Eu não conseguia dizer nada.

Nos ajeitamos e a solidária rodinha foi-se desfazendo aos poucos. De uma das janelas, o Chimpanzé, numa solitária, lá em cima, que tivera acesso ao nosso amor, me deu uma piscada cúmplice. Em trinta anos de espera, jamais poderia imaginar que faria amor com a Teka sob o olhar complacente do Chimpanzé, aquele crioulo imenso e feio que havia matado a mulher a paulada.

– Meu Deus, o que foi que eu fiz?

E não mais falou. Pensei na doutora Ana Verônica. Acho que ela adoraria saber desta ilha do amor aqui den-

[11] *Tem certeza, James, que ninguém deu uma olhadinha com o canto dos olhos? Vai confiando neles, vai...*

tro. Ficamos uns dez minutos sem falar nada, de mãos dadas, suadas, cada vez mais suadas. Eu queria mais, mas seria abusar dos meus companheiros. Estava um pouco tonto. Fazer amor debaixo daquele sol de domingo, logo depois do almoço, na minha idade...

Ela tirou uma carta da bolsa, colocou na minha mão e, sem dizer nada, levantou-se, ajeitou melhor o zíper da calça Lee e foi embora. Fiquei com aquele papel na mão, sem coragem de ler. No envelope, o meu nome de batismo: José Augusto. Da Maria Teresa, ela.

Só mais tarde, bem mais tarde, quando as luzes já haviam sido apagadas na cela, acendi um fósforo:

"Aconteça o que acontecer hoje, é melhor que a gente não se veja mais. Melhor para mim e para você. Sempre te amei e sempre te amarei, mas o destino não nos quer juntos. É a vontade de Deus. Por favor, não me procure mais. Feliz Natal. Teka."

A doutora Ana Verônica tinha razão. O primeiro reencontro não é o definitivo.

P.S. – Amanhã eu conto como consegui o dinheiro pra organizar o que me levaria ao meu crime, pelo qual cumpro 268 anos de prisão aqui na Casa de Detenção.[12]

[12] *Coloquei 99 vírgulas no texto acima.*

Capítulo 15

O profissional do bloco B

MEU PLANO ERA fabuloso. Mas para que saísse uma chantagem de primeiro mundo, precisava de um capital inicial de 44 mil dólares. Pelas minhas contas, poderia render mais de 500 mil dólares. Tinha esse dinheiro, mas a desgraçada da Nicinha conseguiu, na Justiça, bloquear todos os meus bens até que o juiz dê a sentença final da nossa longa e penosa separação nem um pouco amigável.

Há um prédio em São Paulo, feito pelo Niemeyer, que se divide em vários blocos. Tem desde apartamentos de quatro quartos até quitinetes. Foi por ali que tudo começou. Sabia que no bloco B, o das quitinetes, moravam prostitutas e traficantes de porte médio. O aluguel era barato. Mudei-me para lá. Montei o meu QG.

A primeira providência foi ficar amigo do zelador, o seu João, nordestino simpático e duro que tinha uma filha excepcional e estava sempre precisando de dinheiro. Soube que ele torcia para o Náutico, do Recife. Não foi difícil arrumar uma camisa do Náutico Capibaribe para ele, listrada em branco e vermelho. Depois, insisti que o radinho usado dele era muito ruim. Comprei um Motorrádio para ele. Uma garrafa de vinho no Natal e o homem estava nas minhas mãos. Subornar pobre no Brasil é até covardia, mas sou um profissional amoral e assumido.

Não me lembro quanto dei para ele para receber, imediatamente, uma chave dos comandos telefônicos de todo o bloco 13 do edifício. E mais: uma lista com o nome de todos os moradores. Não precisava de mais nada. A partir disso, começava o meu mirabolante plano.

Era mais ou menos assim: digamos que eu desconfiasse da moça do 1.319. Descia de noite e, com um simples fio, conectava a linha dela à minha. Pronto: depois era só instalar o gravador no meu aparelho e ouvir todas as chamadas que ela fazia ou recebia.

Depois de um mês de árduo trabalho – tinha pessoas que só falavam de madrugada –, já tinha um pequeno dossiê de todos os moradores do bloco B. Sabia o nome, o que faziam de certo e de errado. Além de descobrir malandros e prostitutas, tive sorte: ali havia traficantes pesados, contrabandistas de primeiro e segundo time, compradores de ouro, chantagistas de segunda (amadores, perto de mim), bicheiros de terceira e cafetinas oxigenadas. Além, evidentemente, de senhores que mantinham ali seus apartamentos para encontros nada furtivos. Alguns do interior e outros da Capital mesmo. E, pasmem, várias senhoras casadas que aproveitavam as folgas para se tornarem, vez ou outra, Belas da Tarde. E também rapazes que se anunciavam nos jornais como "bem-dotados". Um universo muito rico, devo declarar, para bem da verdade.

Comecei a achar que ia ganhar muito mais do que os 44 mil de que eu estava precisando.

É claro que um chantagista do meu porte não poderia ficar ali o dia inteiro ouvindo conversa de terceiros. Foi quando contratei a Gláucia para fazer esse serviço para mim. Disse a ela que eu era da Interpol, mostrei até uma carta falsa do Romeu Tuma elogiando meu trabalho. Ficou claro para ela que estava fazendo um trabalho pelo bem do Brasil, da Nação etc. O problema é que a Gláucia era uma gracinha dentro de suas minissaias e em seus 19 aninhos.

A Gláucia fazia a seleção para mim só dos "melhores momentos". Todo dia ela me entregava a fita já pronta para ouvir. Em menos de duas horas ouvia o que de melhor rolava pelo meu prédio.

Essa primeira fase do trabalho durou seis meses. O tempo suficiente para saber contra quem agir, a hora certa e como extorquir daquele bando de marginais.

Evidentemente que não era eu que fazia o contato diretamente. Por telefone sim, mas depois o Ricardinho, também lá de Lins, é quem fazia os contatos pessoais e recebia o dinheiro. Levava 10% de tudo que entrava.

Esse sofisticado esquema começou a me render o esperado. Cobrava o que eu achava que cada um podia pagar. Sabia quanto cada um ganhava, conhecia a conta bancária de cada um dos meus clientes. Sabia os que estavam passando dificuldade, e estes eu não perturbava. Tinha até uma velhinha, coitada, prostituta aposentada para quem, às vezes, eu deixava algum dinheirinho no escaninho dela no térreo. Me sentia um Robin Hood.

O impressionante, caro leitor, é como eles pagavam direitinho. Recebia até cheques pré-datados. Dependendo do cliente, só aceitava dólares, que eu não sou trouxa nem nada. O serviço ia muito bem, estava me expandindo, o Ricardinho já tinha um funcionário dele para receber quem pagava mensalmente e a Gláucia começou a trabalhar com um pequeno computador com *modem* e tudo. Tudo ia muito bem até que...

O meu erro foi eu ter me apaixonado pela Gláucia. A carne é mesmo fraca e fresca. Comecei a dar em cima dela e nada. A princípio com flores e tudo, como convém a um homem da minha idade. Depois era quase na porrada mesmo. Cheguei a pegar ela na marra um dia. Claro que depois pedi mil desculpas, mandei um caminhão de flores para a casa dela, como convém a um homem da minha idade. Ela tinha um namorado firme, um tal de Carlinhos, garoto como ela. E eu desconfiava que ela era virgem. Contratei Pereira, detetive particular com mais de trinta anos de experiência no ramo, e mandei ele grampear o telefone da casa dela e da do namorado.

O Pereira me foi muito útil. Apesar da dor de saber que eles iam ficar noivos e que ela se referia a mim como um velhinho que ainda vai morrer do coração de tanto fazer ginástica, além de ficar sabendo disso com o coração partido, além de ficar sabendo que ela não era virgem havia mais de três anos e que já tinha transado até com mulher, fiquei sabendo, também, que o pai dela comprava carros roubados e o pai do Carlinhos falsificava vias de aposentados do INSS.

Marquei um jantar com os dois sogros, que não estavam entendendo nada. Disse tudo que sabia. Ou eles faziam os filhos terminarem imediatamente aquele namoro ou eu iria tomar providências.

Foi o meu segundo e derradeiro erro: o pai da Gláucia, o que comprava carros roubados, era da polícia e, em pouco tempo, descobriu o meu sistema de grampear telefones no bloco B. Logo naquele momento que eu estava pensando em esticar as minhas atividades para blocos de gente mais rica e mais criminosa que os meus pobres clientes.

Desfiz o apartamento, vendi a aparelhagem e fui passar uns tempos no Rio de Janeiro. Mas já tinha mais de 100 mil dólares para executar o meu plano seguinte, este sim, bem mais ambicioso. Infelizmente, me levaria ao crime que me condenou a esta cela. Nunca mais soube da Gláucia, mas jamais irei me esquecer do seu joelho. Tipo Nara Leão, carnudo, bom de se morder, eu imaginava.

*

Aproveito este espaço que me sobra para mandar um aviso ao senhor Mario Prata: ou o senhor para de fazer gracinhas com as minhas histórias, dizer que são mentiras e ficar me gozando porque não sei colocar vírgulas, ou o senhor para com isso, ou serei obrigado a tirar o senhor aí debaixo. Saiba que tenho recebido muitas cartas elogiando o meu texto e gente torcendo pela minha absolvição no segundo julgamento. Estamos entendidos: ou o senhor para com as chacotas ou o meu advogado, doutor Jorge Varela, vai ter que tomar providências mais enérgicas. Deixe-me contar a minha vida em paz! Que Deus esteja com o senhor nestes dias de festas e confraternizações universais. Além do mais, acho uma injustiça o jornal pagar ao senhor o mesmo que paga para mim. Basta o leitor olhar a página para logo perceber que eu escrevo muito mais que o senhor. E melhor.[13]

[13] *Suas ameaças não me intimidam, senhor James Lins. Nem as do senhor nem as do seu advogado, o causídico doutor Jorge Varela. Antes de me fazer estas chantagens em público, seria melhor consultar o seu advogado. Fique sabendo que a sinopse desta história está registrada na biblioteca Nacional do Rio de Janeiro, sob o número 2.354/SP, em meu nome. Por outro lado, o senhor não pode negar que fui eu quem levantou a história. E, como o senhor mesmo admite, já tem gente torcendo pela sua total absolvição. Não fosse eu, o senhor seria apenas mais um entre os quase dez mil condenados, seus novos amigos. O senhor deveria era agradecer a mim e não ficar me ameaçando. Sua mãe, minha querida dona Lila, quer fazer uma visita para você. E a Teka voltou para o interior. Não queira se isolar mais do que já está, meu querido amigo. Em tempo: coloquei 99 vírgulas no texto dele. Fazer o quê, não é mesmo?*

Capítulo 16

A freira que bebia

RECEBI DUAS CARTAS da minha amiga Irmã Catarina. Aproveito o espaço de hoje para contar desta minha amizade de tantos e tantos anos. [14]

É Natal. Não o Natal deste ano, que passei trancafiado aqui nesta cela. Era um Natal há muitos anos. Estava eu em São Paulo, fui fazer a ceia na casa de uma prima. Ganhei uma camisa, comi, rezei familiarmente, peguei o meu carro e estava voltando para o meu apartamento.

Chovia. Chovia muito forte. Estava passando ali pela Avenida Pompeia quando vejo, de guarda-chuva, quase encharcada, uma freira a fazer sinal para o meu carro. Passei reto. Na esquina seguinte, olhei pelo retrovisor e lá estava a freira. Dei a volta no quarteirão, parei, abri a porta e ela entrou.

[14] *Eu queria chamar a atenção dos diretores deste jornal para o desvirtuamento que o senhor James Lins vem fazendo nesta série. O que o leitor quer saber é do crime dele, da relação dele com a Teka, da briga na Justiça contra a sua mulher. E ele perde tempo contando suas aventuras com uma freira. Claro que isso deve ser sugestão do advogado, para mostrar o lado "cristão" de James. É melhor o senhor voltar para a história enquanto ainda tem alguns leitores.*

– Muito obrigada, meu filho – ela disse, enquanto, com um lenço, limpava as lentes dos óculos.

Nesta época, eu devia ter uns quarenta e poucos anos e ela uns 30. Bonita, a freira. Comecei a imaginar a criatura sem aquele hábito. Tinha os olhos verdes. Grandes. Recolocou os óculos e olhou para mim. Sorriu bonito. Belos dentes.

– Para onde quer que eu leve a senhora?

– Para um bar. Quero beber.

Noite de Natal, uma freira dentro do meu carro querendo ir para um bar. Passei pelos bares que eu conhecia. Todos fechados naquela madrugada do dia 25. Não sabia o que fazer com a freira. [15]

– Irmã Catarina.

– Muito prazer, Lins. James Lins – disse eu com sotaque de James Bond. – Tá tudo fechado, Irmã Catarina.

– Vamos para a rodoviária. Sempre tem algum boteco por lá.

Tinha. A freira era boa de copo. Antes da cerveja, virou um copinho de cachaça das mais vagabundas, tendo o cuidado de, antes, jogar um pouquinho no chão.

– Pru santo.

Eu fiquei ali, tomando a minha cervejinha, tentando imaginar qual era a da freira. Será que era freira mesmo, bebendo daquele jeito? Comecei a imaginar que a freira ia acabar tomando um porre e eu teria que levá-la para o meu apartamento. Fiquei imaginando a cara do Nestor,

[15] *Não sabia, mas tenho certeza que imaginava.*

o porteiro, ao me ver entrando com uma freira de madrugada. Ele já me viu entrando com tudo, mas freira...[16]

Pouco a pouco, ela foi soltando a língua e contando a sua vida. Era uma freira, sim, como todas as outras freiras. Mas gostava de beber. Me disse que roubava vinho lá da capela do colégio onde morava. Começou assim. Tomando vinho de missa. Com o tempo o organismo foi exigindo mais e mais.

– Que eu saiba não é pecado beber, não é, James?

– Beber, não. Mas tem que ver o que se vai fazer depois de encher a cara.

Ela fechou a cara.

– Me leva embora. Eu só queria uma companhia para beber um pouco no Natal. Acho o Natal muito triste.

– Desculpa, eu não quis ofender.

– Vocês, homens, são todos iguais. Não respeitam mais nem freira.

– Eu devo confessar que tenho certa tara por freira guiando Kombi.

– Você está achando que vou encher a cara, tirar o hábito e cair na gandaia?

– Já disse desculpa. Mais uma? Por favor. Desculpa.

Ela abriu o sorriso novamente. Tinha que voltar para o colégio antes das cinco, pular a janela e acordar às cinco e meia para a primeira missa. Me disse isso já com a voz um pouco embriagada.

[16] *Qual é a relação desta história com o seu crime, James Lins? Falta de assunto não pode ser, porque só para contar o crime você vai precisar de uns cinco capítulos. Vamos ao que interessa, James.*

Quatro e meia saímos da rodoviária e fomos para o colégio lá na Pompeia. Confesso que eu estava mais bêbado que a Irmã Catarina. Trocamos telefones, dois beijinhos e tchau.

No sábado seguinte, ela me liga de tarde.

– Vamos tornar umas e outras?

Desde aquele Natal eu e a Irmã Catarina somos grandes amigos. Tomamos muitos porres juntos. Pouco a pouco fui contando a minha vida para ela. Ela se divertia com os meus golpes e as minha chantagens. E ela contava a vida dela para mim. Mas nunca, nunca mesmo, rolou sexo. Nem beijinhos. Isso na vida real, nos sonhos, várias vezes eu arranquei aquele hábito na marra, enquanto ela cantava "Dominique, nique, nique. Sempre alegre a cantar. O seu príncipe encantado, seu eterno namorado, não se cansa de esperar".

Poucos dias antes de "cometer o crime", vi a Irmã Catarina pela última vez. Como sempre, peguei a religiosa numa rua escura e fomos para um boteco de esquina. Cachaça e cerveja. Ela estava, pela primeira vez, sem hábito. Foi uma surpresa descobrir o corpo daquela mulher. A vontade que deu foi meter logo a mão em tudo. Mas eu sou de formação cristã, estudei com os salesianos. A culpa me perseguiria pelo resto da vida.[17]

Naquele dia, três noites antes do crime, ela bebeu mais do que o normal. E olha que o normal dela já era bem anormal. Percebi que ela estava querendo me dizer alguma coisa.

[17] *Desde quando você sente culpa por alguma coisa, James? Além de fugir da história central, você está mentindo mais uma vez. Que os leitores não se apiedem de sua alma, ladrãozinho de espaço de jornal!*

Já era madrugada alta, estávamos dando uma volta no quarteirão, para nos refazermos da bebedeira, quando ela disse de supetão:

– Se você casar comigo, eu largo a Igreja.

Levei um susto.

– Como?

– E ainda roubo um Picasso que tem na sala da Irmã Diretora.

Não disse nada. Continuamos a andar. Demos a volta no quarteirão, entramos no carro.

– Você sabe que eu sou casado e estou numa briga litigiosa com a minha mulher, a Nicinha.

– Eu espero. Vamos descer e tomar mais uma? A saideira?

Na frente do colégio, disse que ia pensar no caso. Ela falou que aguardaria a Justiça resolver o meu problema. Pensei na Teka, na Nicinha. Dois beijinhos e tchau. Tive sonhos maravilhosos essa noite. Sonhos eróticos dentro de uma Kombi que eu mesmo havia roubado.

Nunca mais vi a Irmã Catarina.[18]

[18] *Coloquei 67 vírgulas no texto acima. James, por favor, para de enrolar e conte logo o seu crime.*

Capítulo 17

James Lins conta tudo

HÁ ALGUNS CAPÍTULOS, contei como consegui bem mais de 44 mil dólares - quase 100 - para realizar o meu grande plano de chantagem, o mesmo plano que, infelizmente, me levou ao chamado crime hediondo.

Começo hoje a contar o que se passou realmente durante o ano que levei para chegar ao ápice do caso.

Tudo começou numa noite quente, num bar chamado Domani, ali na Peixoto Gomide. Nessa época, eu morava na Alameda Franca e, toda noite, antes de ir para casa, passava ali para tomar a última cervejinha e, sozinho, pensar na vida e nos meus planos. Sempre tomei as minhas grandes decisões num bar. Como - às vezes - me excedia no álcool, comprei um pequeno gravadorzinho, para não esquecer as minhas ideias noturnas. Geralmente, as melhores do dia. Pois foi ali que tudo começou. Numa mesa daquele bar.

Todas as noites, depois de tomar várias penúltimas, pegava o meu carro e descia a Peixoto Gomide. O bar fica ali em frente ao Trianon. Na esquina do Dante, rapazes ficam aguardando senhores da nossa melhor sociedade. São os chamados "putos". São os prostitutos masculinos, o que sempre me deu um certo asco. Não os rapazes, que estão ali para defender o deles. Mas os que param e pagam para eles.

Com o tempo, comecei a observar melhor os clientes, quando desciam de carro. Senhores casados, com seus carrões importados. Pegavam os garotos ali, faziam um programa e depois iam para a casa fazer amor com as esposas inocentes. Antes, deviam dar um beijinho nos filhos que já estavam dormindo. A idade deles variava entre os 30 e os 50. Homens ricos, elegantes. E viados.

Claro, a aids. Pensei logo nisso. Esses bissexuais enrustidos. Claro que as esposas deles são insatisfeitas sexualmente e também mantêm relações com outros homens. Conosco, os heterossexuais, eu pensava.

Comecei a ficar com raiva, com ódio quase doentio desses mauricinhos disfarçados de homens. E, ao mesmo tempo, pensando na sociedade brasileira, comecei a bolar um jeito de acabar com aquilo, já que as autoridades não davam conta do recado. Claro: chantagear aqueles sujeitos, os clientes.

Uma noite segui um daqueles carros até um prédio de apartamentos no Morumbi. Mas e daí? Perguntar ao porteiro o nome do morador? Amador demais. Precisava de um comparsa. Dentro do Detran.

Antes disso, tive que alugar o tal apartamento ali perto da esquina do Trianon. O tal apartamento de dois mil dólares por mês. Quatro quartos. Um dava para a esquina do Dante. Quarto andar. Mudei-me com os poucos móveis que possuía, tendo ainda que pagar três meses de aluguel adiantado, porque nunca consegui avalista.

Esta foi a primeira parte do plano. A janela para a rua. Precisava conseguir materiais específicos para a missão. Tinha apenas um binóculo antigo.

E foi com esse binóculo de museu que eu consegui ver no vidro traseiro de um Monza o logotipo de uma conhecida loja de artigos eletrônicos. E, ainda com o binóculo, ver mais ou menos a cara do tarado lá dentro. E em menos de uma semana já sabia que o sujeito era sócio da tal loja, lá no centro da cidade. Falei com a secretária dele, Eunice, muito gostosa, por sinal. Apresentei-me como agrônomo goiano e fui recebido pelo doutor Almeida no dia seguinte, pela tarde.

Em cima da mesa, fotos da esposa e dos três filhos. Fotos dele fazendo churrasco com amigos. Mostrei a foto do carro dele estacionado e um rapaz debruçado na janela, falando com ele. A foto não era muito boa, devo reconhecer, mas ele sentiu a pressão. Começou a torcer a mão nervosamente. Pegou o telefone e disse para a secretária que não estava para ninguém. Sentiu firmeza de minha parte. Limpou o suor da testa.

– Belos filhos – eu disse educadamente.

– Muito bem, o que o senhor quer?

– Material. De primeiro mundo.

Entregaram a domicílio: uma luneta fabulosa, um binóculo de longo alcance, uma filmadora de última geração, microfone direcional, gravadores, o escambau. Economizei aí uns dez mil dólares. Dei a foto e o negativo para ele, conforme combinado. Ele suava, coitado. Agradeci do fundo do coração.

– Recomendações à senhora sua esposa... – Pronto, eu já estava preparado para a minha missão.

Precisava, agora, de alguém do Detran para me fornecer nome e endereço dos proprietários dos carros. Tive sorte.

Dias depois, fui ao Detran para reemplacar o meu carro e o funcionário que fazia isso veio me perguntar se eu não queria uma chapa bonita.

– Bonita como?

– Todas as letras iguais ou todos os números iguais.

Senti que o rapazinho era chegado num dinheirinho para fazer essas facilidades. Escolhi uma chapa normal. Mas fiquei de campana, esperando o rapaz sair do trabalho. Saiu com fusquinha amarelo bem vagabundo. Segui o sujeito, que foi direto para um barzinho na Vila Mariana. Entrei no bar. Ele me reconheceu enquanto pedia uma cervejinha.

– O senhor não foi ao Detran hoje?

– Coincidência, né? Esse mundo é mesmo pequeno...

Acabei sentando-me com ele e pagando as cervejas. O rapazinho, Alencar, era mesmo chegado numa propina. Mulher grávida pela quarta vez, precisando de um extra. Expliquei o meu problema para ele. Vendia e comprava carros. Seria interessante se eu pudesse saber o nome dos proprietários através das chapas, para melhor conduzir os meus negócios. O rapaz me disse que aquilo não era com ele, mas tinha um amigo com acesso ao computador geral do Detran.

Oswaldinho era o nome dele. Fiquei de dar cinco dólares por informação. Ele abriu o sorriso e o computador para mim. Aliás, rapaz inteligente e rápido, o Oswaldinho me disse que, se eu comprasse um *modem* para o meu computador, eu teria acesso direto ao arquivo de nomes. Bastava ele acionar lá no Detran e eu, em casa, tomando uma cervejota, com o tal do *modem*, recebia toda a ficha do cidadão. Mas ele queria dez dólares. Fechamos em sete e não se falou mais nisso

Tinha agora que conseguir um computador e um *modem*. Como?

O escritor ali do rodapé, que ainda era meu amigo naquela época, tinha. E, por sorte – já disse que sempre tive muita sorte nos meus negócios –, e, por sorte, estava partindo para Portugal, onde ia ficar um bom tempo. Não apenas me emprestou o computador, como fez toda a instalação para mim e ainda me deu umas aulas. Claro que ele não sabia dos meus planos. Disse para ele que era para ter acesso à minha conta no banco.

– E esta aparelhagem toda?

– Isso é para ver a mulherada pelada. Naquele apartamento ali, por exemplo, daqui a meia hora, mais ou menos, tem uma loira maravilhosa que mora com um preto azul-azul, que toma banho com ela.

– Posso esperar para ver?

– Claro. Um avião.

Ele esperou, viu a loiraça e o crioulo fazendo amor, deu mais umas explicações e ainda levou uma *Playboy* americana minha como aluguel do equipamento. Um tarado.

Pronto. Eu estava pronto para começar meu novo emprego. Tive que mudar os meus horários. Sempre gostei de acordar cedo. Agora acordava tarde, para poder dedicar a noite e a madrugada ao meu cansativo trabalho. Mas que me poderia render rios de dinheiro. Era só eu trabalhar direito, duro, profissionalmente. O primeiro mês – o mais trabalhoso, reconheço – dediquei a fazer um arquivo dos "meus" clientes. Nada de chantagem, por enquanto. Eu queria agir com os que vinham mais vezes, os mais assíduos. Os que tinham garotos prediletos, os mais frequentadores, enfim. Através do *modem* e da ajuda do Oswaldinho, ia fazendo as fichas no meu computador. Tinha acesso aos nomes, endereços, profissão etc. de cada um deles.

Alguns vinham todos os dias. Alguns uma ou duas vezes por semana. Alguns eram sistemáticos, com hora certa. Outros vinham em dois no mesmo carro. Filmava tudo, gravava tudo. O microfone direcional, usado em novelas da Globo, era realmente fabuloso. Coisa de primeiro mundo mesmo. Os que vinham apenas uma vez eu não iria molestar. Fazer uma experienciazinha uma vez na vida não é motivo para a gente sacanear o coitado. Mas os *habitués* não sabiam que ali, naquela janela com a luz apagada, estava eu, James Lins. Muito em breve ouviriam falar de mim.

NOTA DA REDAÇÃO:

O escritor e jornalista Mario Prata pediu demissão desta minissérie, alegando problemas familiares. Continuará no jornal fazendo apenas sua crônica de quarta-

-feira. A direção do jornal aceitou a demissão amigável. A partir deste capítulo, a revisão e a colocação das vírgulas estão sendo feitas por outro presidiário, o professor de português Ulisses.

Capítulo 18

A arte de bem chantagear

Me lembro bem, como se fosse hoje. Comprei umas cartolinas e esparramei gráficos e tabelas pelas paredes do meu QG, o quarto do fundo, que dava para a esquina do Dante. Sou daqueles que ainda não confiam muito no computador. Apesar de ter tudo armazenado no meu IBM PS/1 486, ali, na parede, eu tinha uma visualização bem melhor. Ali eu marcava a frequência dos "clientes". Era como um campeonatinho. O placa 2689, por exemplo, subiu para primeiro lugar nos últimos dias do mês. Já o Subaru 8844, caiu para quarto. Deve ter viajado, o nojento. Mas James Lins, na espreita, espera a sua volta.

No vídeo, percebi que precisava de uma máquina para editar os melhores momentos de cada carro e deixar em fitas separadas, cliente por cliente, para me facilitar, no futuro, a abordagem dos proprietários de cada carro. Fiquei sabendo que era cara a tal máquina.

Não tive dúvidas. Voltei a falar com o dono da tal loja que já havia me "fornecido" grande parte do meu material eletrônico, o Almeida. Liguei, falei com a secretária dele. Mandei dizer que era o Dante Peixoto Gomide. Um pouco irritado, o meu velho e providencial amigo marcou comigo numa churrascaria no centro velho da cidade.

– O senhor não tem comparecido – disse eu amistosamente, cortando a minha picanha.

– Mudei de ponto, digamos.

Fiquei curioso. Quer dizer que tinha mais pontos pela cidade? Comecei a imaginar o meu negócio se expandindo, com sócios, sucursais, *holding* e tal. Foi nisso que o meu amigo me surpreendeu.

– Estou a imaginar os seus planos. Não quer um sócio? Olha que eu conheço bem o metiê.

Fiquei olhando na cara dele. Ele não sabe quanto eu sou profissional. A chantagem deve ser feita, sempre, individualmente, para evitar que, no futuro, um dos chantagistas venha a chantagear o outro. Isso é um princípio básico e internacional da nossa profissão.

– Não, obrigado, já estou comprometido com uma multinacional da chantagem além da Over Brecht, uma firma especializada em chantagens bem teatrais – disse eu, brincando.

– O que você quer, agora, senhor Dante?

Expliquei as minhas necessidades. Ele não teve alternativa a não ser elogiar o meu trabalho. Senti que ele me admirava, tinha até certa inveja de mim. Cheguei a pensar, naquele momento, que ele poderia montar a própria firma. Eu estava abrindo muito o jogo com o crápula. Mas, para o Almeida sentir, definitivamente, com quem estava tratando, passei uma fita de vídeo para ele.

– Aqui está a última vez que o senhor esteve no meu espaço de trabalho. Foi o dia em que o senhor saiu com o Rogério.

Ele ficou um pouco lívido.

– Como o senhor sabe o nome dele?

– Aquele microfone que o senhor me "deu" é realmente muito bom. Está aí a imagem e o som. O senhor é chegado a um palavrão, hein?

– O Rogério... – balbuciou baixinho e saudoso.

Pegou a fita e colocou dentro da pastinha 007, o otário.

– E qual é a certeza que o senhor me dá de que não irá mais, digamos, me incomodar?

– A minha palavra. Não minto. Cuidado com essa fita. Se a dona Esther colocar os olhos nela...

– Até o nome da minha mulher você sabe?

– Claro, o senhor foi duas vezes com o carro dela. Aquele vermelho.

– Ok, você venceu. Amanhã mando entregar a máquina de edição.

– E um técnico para me ensinar a dirigir a bruta.

– Está bem.

– Olha, sem querer abusar, será que seria possível mandar umas fitas de vídeo?

– Quantas?

– Umas 50.

Ele se assustou com o pedido.

– Só se forem nacionais.

– Claro, imagine...

Fui legal com ele: paguei a conta.

No dia seguinte, a máquina estava lá. Olhando o meu quarto, pensei que já tinha material ali até para produzir uma pequena novela de televisão. Registrei essa ideia no meu gravadorzinho.

No quarto de empregada, que eu mesmo pintei todo de preto, fiz o meu laboratório para revelar as fotos em preto e branco. No começo não ficaram muito boas. Mas, com o tempo, fui aprendendo a misturar melhor aqueles líquidos todos e consegui boas fotos. Teve uma que eu até pensei em mandar para um concurso da Fotóptica, mas achei que seria muita cara de pau a exposição da minha arte. Quem sabe um dia eu não faça uma exposição individual?

Mas ali estava eu. Depois de uma semana, estava editando com dois dedos já. Uma brincadeira agradável, devo dizer. Sempre fui bom nessas coisas de eletricidade, e agora estava me especializando em eletrônica, informática, computadores. Sou ou não sou um profissional de primeira?

Mas ainda não estava agindo. Pouco a pouco fui me interessando também pelos garotos. Profissionalmente! Abri um arquivo para eles no computador e mais uma cartolina na parede. Era fácil saber o nome deles, embora todos devessem usar pseudônimo, como as prostitutas, aeromoças e freiras. Ali, no meu pedaço, na minha jurisdição, trabalhavam dezoito. Alguns vinham todos os dias, outros apenas no fim de semana. Se davam muito bem entre eles. Quando não havia clientes, ficavam conversando. Eu, lá no meu escurinho, ouvindo tudo. Todos de classe média baixa, todos bem-dotados. Ficavam ali falando da vida, dos dólares, de futebol. Cobravam uma média de 100 dólares por programa. Mas o investimento podia chegar até a 500. Era o tal do serviço completo. Fim de semana na praia era preço a discutir. Simpáticos, os meninos.

Estava com tudo preparado. Poderia escrever uma enciclopédia sobre o assunto. No Detran, Oswaldinho não falhava. Quando havia venda de carros, ele logo me informava, que eu não podia dar furos, é claro.

Por onde começar se era tão vasto o espaço? Eu teria que fazer tudo em um mês, no máximo, e me mudar. Não poderia ficar exposto ao sol e à ira dos chantageados. Poderia ser denunciado. Foi quando eu percebi que já tinha o material necessário e deveria mudar de apartamento, para chantagear de longe. Claro. Deveria ter alugado o apartamento apenas por um ano. Já estava nesse trabalho ali da esquina tinha uns oito meses. Estava na hora de me mudar e agir. Um árduo trabalho me esperava. Como é duro ganhar dinheiro neste país, pensava eu com os meus botões do computador e da maquinaria toda.

Tinha que pagar uma multa alta para deixar o apartamento com um contrato a vencer. Fazia meses que não entrava dinheiro. Estava ficando duro.

Coloquei um anúncio me oferecendo para senhoras casadas e carentes. Pretendia ficar um mês nesse serviço, para levantar o dinheirinho da multa. Claro que eu não poderia deixar o apartamento, fugir. A imobiliária iria atrás de mim. E não sou homem de deixar de cumprir com minhas obrigações e contratos. Chantagista, porém honesto, íntegro. Tenho a ficha limpa, minha senhora.

Por 300 dólares, comecei atender as senhoras que me telefonavam furtivamente, na calada da tarde. Como tem mulher carente nesta cidade, querido leitor. Você tem certeza de que a sua esposa nunca me chamou? Onde é que você pensa que ela vai entre as cinco e as sete da noite? Ao dentista? Não sei por que, mas toda mulher que trai o marido diz que estava no dentista. Por que será que os dentistas são tão confiáveis assim? Obturei muitas mulheres e senhoritas nesse horário.

Em um mês, tinha mais do que precisava para continuar os meus planos. Paguei a multa do aluguel da Peixoto Gomide e ainda sobrou dinheiro para morar os seis meses seguintes num bom hotel no centro da cidade. Comprei uma linha telefônica só para mim, que eu não queria a cumplicidade de ninguém, instalei a minha aparelhagem e agora, sim, estava pronto para começar a maior onda de chantagens de que São Paulo já ouviu falar em toda a sua história. Infelizmente acabou em crime e eu estou aqui, escrevendo à mão (com vírgulas do professor Ulisses), na cela do Carandiru.

James Lins estava pronto para atacar.

Em tempo: amanhã, domingo, recebo a visita da minha amiga Irmã Catarina, a freira que bebe. Espero que ela me traga um bom vinho de missa escondido dentro do seu vidrinho de água benta.

Capítulo 19

James Lins foge do Carandiru

NOTA DA REDAÇÃO

Hoje, pela manhã, fomos surpreendidos pela espetacular fuga de James Lins da Casa de Detenção, no Carandiru; em São Paulo. Logo pela manhã, recebemos um fax do Corregedor Geral daquela penitenciária, informando-nos do infortúnio. Pede ele, pelo fax, que informemos qualquer notícia que tenhamos a respeito do nosso colaborador.

Até o momento do fechamento da presente edição, não tínhamos nenhuma informação a respeito do colaborador foragido. Tentamos entrar em contato com Mario Prata, mas o mesmo se encontra em férias no sul da França. Estávamos em reunião a discutir o que fazer com este espaço, que explicação dar ao patrocinador, quando recebemos, através das mãos de uma freira, a seguinte mensagem de José Augusto M. E. Soares, aliás, James Lins, que reproduzimos na íntegra, tendo o devido cuidado de, antes, colocar as vírgulas, uma vez que o autor da missiva não é dado a tais particularidades.

Sinto, do fundo do coração, ser obrigado, temporariamente, a interromper as minhas memórias e a narrativa do crime que me levou à prisão.

Sabe o senhor, jornalista experimentado, que a obrigação da polícia é prender, e a obrigação do preso é fugir. Já dizia o ilustre Lúcio Flávio, que Deus o tenha.

Sim, fugi e estou em lugar incerto e não sabido (L.I.N.S.), como se diz no jargão jurídico. Mas tenho, no momento, condições de continuar com a minha colaboração.

Premido pela ânsia jornalística, não tente me procurar.

Devo dizer aos meus familiares que estou bem, em lugar seguro. Digam a Teka que, apesar do sumiço dela, ainda a amo.

Por outro lado, não posso me negar a descrever para todos vocês como foi a minha fuga. Sensacional, aliás, como tudo que faço com carinho, determinação e profissionalismo.

Dias atrás descrevi, neste mesmo espaço, a minha amizade com a Irmã Catarina, a freira que bebe. Fui, inclusive, criticado pelo ex-autor da série, que afirmava que a história dela não tinha nada a ver com as minhas aventuras de chantageador nato. Pois agora ele vai ter a resposta.

Irmã Catarina foi fundamental nesta minha escapada, digna de um filme com Steve McQueen, em São Francisco.

Veio me visitar, conforme afirmei no último capítulo.

Passou por rigorosa vistoria, distribuindo santinhos com o calendário de 1994. Simpática como só ela, disse-

-me que tomou umas antes, para enfrentar com a cara, a coragem e a caridade católica, apostólica e romana mais um desafio para salvar uma alma honesta e cristã – no caso, a minha. Salvar, aliás, a alma e o corpo.

No começo da visita, ficamos os dois sentados no banquinho de madeira rústica lá no pavilhão 2. Conforme havia pedido, ela trouxe um pouco de cachaça dentro de um vidrinho de água benta. Eu também precisava de coragem para fazer o que acabei por fazer.

Quando acordei, fiz a barba muito benfeita. Escanhoei bastante, para ficar com a pele bem lisinha. Com pele de mulher, mesmo. Ajeitei o cabelo bem para trás e desci para receber minha amiga freira.

Já havia combinado tudo com os meus queridos e inesquecíveis colegas de cela. Todos sabiam o que fazer e a hora de fazer. Nada falhou.

Ficamos eu e a Irmã Catarina ali no pátio a beber a nossa cachacinha santa, até sentirmos a hora exata para agir. Atrasou tudo um pouco, porque os demais presos, que não sabiam da nossa armação, insistiam em pedir santinho para a santa Irmã Catarina, que atendia todos com um sorriso nos lábios e amor no coração.

Não sei se já disse antes, mas a Irmã Catarina é muito alta, como a Teka e eu. Sempre gostei de mulheres altas e altaneiras. Vocês já devem imaginar o que foi que ocorreu. Meus amigos de cela fizeram aquela mesma rodinha em torno de nós dois. Ao contrário da visita da Teka, onde acabamos fazendo amor ali mesmo, não rolou nada disso.

A Irmã Catarina não levou dez segundos para tirar o hábito de freira e me vestir. Foi uma operação perfeita. Olhei para cima e o Chimpanzé estava lá, na solitária dele, a piscar de novo para mim. Solidariedade entre os presos é uma coisa muito séria, muito bonita. Por baixo, a Irmã Catarina estava com uma roupa esporte.

A primeira sensação estranha que senti foi o ventinho que entra por baixo da saia. Fiquei em pé, a rodinha foi se desfazendo e ali estava eu, completamente vestido de freira, da cabeça aos pés. Peguei o tíquete de entrada da Irmã Catarina, fiquei um pouco (só um pouco) nervoso e parti para a porta (uma das quatro) de saída, de cabeça baixa, com um terço na mão e um dinheirinho para o táxi na outra. Irmã Catarina, agora mais para Catarina que para Irmã, ficou sentada, conversando com meus amigos.

Ao passar pelo último portão, o decisivo, ainda ouvi um segurança metido a engraçadinho dizer nas minhas costas:

– Esta freira até que quebrava o meu galho!

Pronto, estava na rua. Nem acreditava. Os carros passando em alta velocidade, o metrô na minha cabeça. Entro num táxi, disfarço a voz (treinei uma semana) e mando seguir para determinado lugar.

E não é que o motorista me deu uma deslavada cantada? Disse que o sonho dele era transar com uma freira. Logo eu. Queria me levar para um motel, naquele sol de meio-dia. Tive que dizer que era sapatona e aí ele se acalmou um pouco. Mas não tirava os olhos de mim pelo espelho retrovisor e, nos sinais, me lascava umas piscadas, o danadinho.

Fiquei zanzando a pé pela cidade, com um calor infernal dentro daquele hábito e com a barba começando a crescer. Fiquei com medo de ser preso por atentado ao pudor. Entrei num cinema, me esquecendo de que estava vestido de freira, e fui assistir a um filme quase pornográfico. Fiquei lá as cinco sessões, até a hora que havia combinado com a Irmã Catarina de pular a janela do convento e dormir sossegado.

Já era quase uma da manhã. A janela, conforme combinado, estava apenas encostada. Apenas uma vela acesa no quartinho da minha querida amiga. Passei ali a primeira noite de liberdade, sob os olhares benevolentes de Jesus numa parede e os olhares piedosos de Nossa Senhora Auxiliadora noutra.

Irmã Catarina me informou que não teve nenhuma dificuldade para sair. Depois disse-me ainda estar apaixonada por mim e que largaria mesmo o convento para viver comigo o resto da vida. Disse a ela que, se ela roubasse o Picasso da sala da Irmã Diretora, poderíamos fazer negócio. Ela riu da minha brincadeira e me deu um beijo. Na boca. Bom o hálito de freira. Só que, naquele momento, a freira era eu. A sensação de beijar uma freira, estando você vestido de freira, é uma das emoções mais interessantes que eu já senti em toda a minha vida. Ficou no beijo. O olhar de Jesus era mais forte que qualquer abuso. Sou um homem de formação cristã e respeitador. Não sei por que, mas, naquela hora, pensei na mamãe, que tanto quis que eu me tornasse padre. Padre não, mas, pelo menos uma vez na vida, freira.

A passagem para fora de São Paulo estava comprada e na minha mão. Enchemos a cara de vinho de missa e dormimos um nos braços do outro. Jesus deve ter aprovado.

Ao receberem esta cartinha já estarei bem longe de São Paulo. Ainda não sei como farei para mandar os capítulos, mas cumprirei meu contrato até o fim.

Capítulo 20

A volta

NOTA DA REDAÇÃO:
Acabamos de receber um fax sem cabeçalho, do foragido James Lins, com o capítulo 20, denominado "A volta", onde ele continua a narrar o seu crime. Conta, inclusive, como está vivendo na clandestinidade. Junto com o seu advogado, doutor Jorge Varela, prepara os próximos dias de sua vida. Diz que está tudo bem, deixou a barba e está de volta com vocês.

De algum lugar do mundo...

*

Enfim, eis-me aqui, de volta. Livre e vivo.

Esqueci-me de contar aos leitores uma particularidade da minha fuga no último dia 9, vestido de freira. Como faltavam-me os seios, usei duas mortadelas que a freira que bebe me levou de presente. Ficaram uns seios um pouco grandes, reconheço. Firmes, porém, para uma freira da minha idade.

Conforme disse, andei muito pela cidade vestido de freira, sentindo um ventinho frio subir pelas minhas pernas, até que a bondosa religiosa me abrisse a janela do convento e me desse guarida. Acontece que eu tinha pouco dinheiro e muita fome. O que eu fazia? Metia um canivete no meu peito e ia tirando fatias de mortadela para comer. Estava eu ali, sentado na Praça da República a mordiscar meus nacos de seios, quando um padre se aproximou. Eu sentia que ele estava me observando de longe havia alguns minutos. Eu me sentia como aquele personagem do Mário de Andrade, o "carne da minha perna", que eu li há pouco tempo no meu retiro espiritual no Carandiru. O padre se aproximou e sentou-se do meu lado.

– O que é isso, Irmã?

– Carne da minha carne, Padre.

– Não dói?

– Só um pouquinho. Quer experimentar?

– Não seria um sacrilégio, Irmã?

– É o fruto do meu ventre, Padre.

Tirei um bom pedaço e dei para o padre. Ele relutou um pouco, mas logo deu uma mordidinha, depois de cheirar o meu bico. Depois mais uma e, com uma última e definitiva, matou quase metade do meu seio. Depois pediu mais. Dessa vez dei do esquerdo, que estava, no momento, um pouco maior.

– Uma delícia, Irmã.

– Uma pena estar sem leite hoje.

E fui-me embora.

Quero aproveitar o espaço aqui no jornal e mandar um recado para a minha querida Teka.

Teka:

"Tão longe, de mim distante"... Soube de sua preocupação com a minha amizade com a Irmã Catarina. Creia em mim. Somos apenas bons amigos. Tenho pensado muito em você nesta solidão que estou vivendo atualmente. É muito dura a vida de foragido da polícia. Mas, nestes momentos de solidão, é você que vem à minha mente. Aquela tarde lá no pátio do pavilhão 2 é inesquecível para mim. Estou escrevendo esta cartinha para você, pois um pensamento vem me atormentando minhas maldormidas noites. Naquele dia, antes de prevaricarmos, você me disse que não tomava pílulas havia muitos anos, pois desde a viuvez não tivera mais relações sexuais. E isso está a me atormentar. Você sumiu, não deu mais notícias... Será que não traz no seu ventre um Jamesinho? Não fuja de mim. Entre em contato com a Irmã Catarina que as notícias chegarão até aqui. Sempre vivi pela intuição e a intuição é que me diz que você está grávida. Se for mesmo verdade, não tome nenhuma providência descabida e imatura. Este filho – tenho quase certeza da sua gravidez – é o que o destino fez para nos unir para o resto da vida. Não se precipite. Sou inocente e vou provar isso na Justiça.

Outro recado vai para os clientes do Trianon. Os senhores devem estar apavorados. Calma, companheiros, já chantageei vocês o bastante. Prometo não publicar a lista com o nome e a chapa do carro de vocês. Palavra de James Lins é batata. Frita.

Foragido sofre. Fico pensando em amigos da infância, lá de Lins, que depois se meteram na política estudantil, depois veio a clandestinidade, a fuga do país, o exílio. Foragido sofre.

Não ter ninguém para conversar. Principalmente agora, depois de ficar alguns meses naquela cela do Carandiru em companhia de mais onze companheiros e camaradas. Agora a solidão está batendo pra valer aqui neste quartinho de hotel. Eu e a pia encardida, em algum lugar do Brasil. Na parede um quadro horroroso de uns índios pescando num rio. Tenho medo de sair. Acho que estou com saudades da minha cela na prisão.

Meu consolo foram as duas cartas que recebi hoje de manhã, enviadas pela Irmã Catarina. Se vocês estão achando que eu vou contar como as cartas chegaram até aqui, estão muito enganados. Não vou entregar o ouro aos bandidos.

A solidão leva ao pânico. A mão esfria, começa a suar, o coração dispara, dá uma sensação de desmaio, eu fico com frio, mesmo neste calor insuportável de janeiro, tenho medo de sair do meu quarto. Preciso tomar urgentemente um Lexotan. Mas esse remédio é tarja preta, precisa de receituário azul. Onde é que eu vou arrumar um médico numa hora dessas? E tem que apresentar carteira de identidade na farmácia. Tento dormir para ver se o pânico passa, mas não consigo.

No dia seguinte chegaram duas cartas. Minha companhia são as duas cartas que chegaram.

A da Irmã Catarina não chega a ser uma carta. É apenas um bilhete para introduzir a carta da Teka. Esta, sim, uma carta.

O bilhete:

James: a Teka me procurou assim que soube que eu sabia onde você poderia estar. Pareceu-me uma boa moça. Acho que ficamos até um pouco amigas. Fiquei muito curiosa para ler o que ela lhe escreveu. Afinal, ela me entregou a cartinha aberta. Mas resisti bravamente. Espero que sejam boas as notícias. Disse que acho que ficamos amigas porque senti no ar um certo ciúme uma da outra. Mas Deus ajudará você a tomar as decisões que quiser, com calma e sabedoria. Um forte abraço desta sua amiga que nunca o esquecerá. Catarina.

Junto, a carta da Teka:

José Augusto: uma vez, quando éramos adolescentes, ainda lá em Lins, você pulou o muro da minha casa e foi bater na minha janela, alta madrugada. Lembra disso? Você foi lá porque tinha certeza de que eu estava chorando e pensando em você. E era verdade. Foi quando o meu pai me bateu, dizendo que você não prestava e era o "rei da zona". E eu perguntei como você sabia e você me disse que havia sido a sua intuição.

Pois a sua intuição, José Augusto, mais uma vez foi certeira. Assim como a nossa primeira e única cena de amor, lá dentro do Carandiru. Sim, meu amor, eu estou grávida de você. E vou ter a criança. É o filho que eu sempre quis e nunca consegui com o meu falecido marido. Foi Deus que colocou esta semente aqui dentro. Tenho a mais convicta certeza de que você assumirá este nosso fruto.

Quando fui buscar o exame no laboratório, chorei como uma criança. Vim descendo a Voluntários da Pátria, chorando. Todo mundo, na rua, a me olhar e eu a chorar. A vontade que eu tinha, José Augusto, era gritar para todo mundo ouvir lá em Lins. Sim, estou grávida sim. Estou grávida do José Augusto, o James Lins. Trinta anos depois, quem diria.

Não se preocupe, pois eu tenho seguro saúde e tudo será pago pelo banco. Quanto a mim, estou passando muito bem.

Outro dia me surpreendi comendo abacate com mortadela, mas dizem que é normal. Nenhum enjoo e tenho dormido bem.

Tenho certeza absoluta de que você ficará contente em saber que vai ser pai aos 51 anos de idade. Tenho certeza de que você será um pai maravilhoso para ele, esteja você onde estiver, nas condições que estiver.

Eu tentei fugir de você pela última vez. Mas Deus nos deu esta alegria e agora estamos ligados, irremediavelmente, para o resto de nossas vidas.

Aguardo notícias. Com todo o amor do mundo,
Teka.

Sentiram a responsa? Eu aqui escondido neste quartinho de hotel, e a minha querida Teka esperando um filho meu. Que tudo corra bem com ela e com o bebê.

Agora, mais do que nunca, vou ter mesmo que provar a minha inocência. O doutor Jorge Varela deve chegar a qualquer momento para que, juntos, preparemos a minha defesa. Muita gente irá se surpreender com o resultado.

Mas voltemos ao crime. A principal prova usada pela promotoria foi a gravação em vídeo feita por mim mesmo "praticando" o crime. Mas até essa prova, contundente segundo os senhores jurados, irá por água abaixo, quando a verdade vier à tona.

Não preciso dizer mais uma vez que tudo começou quando eu tive a ideia de chantagear os clientes dos garotos do Trianon, famoso parque de São Paulo.

Primeiro preparei todas as fichas dos garotos e dos clientes. Depois peguei toda a minha aparelhagem – já possuía até uma pequena ilha de edição – e mudei-me para um hotel no centro da cidade para, dali, comandar toda a ordem de chantagens jamais vista em São Paulo, quiçá no mundo ocidental.

O serviço ia muito bem. Era mais fácil do que eu imaginava. Os homens, todos casados, eram simpáticos comigo e bastante caridosos. Alguns, além dos dólares cobrados, ainda me davam presentes. Outros davam até sugestões: "Por que você não monta esquemas em frente a boates, motéis e casas de massagem?". Pois era isso mesmo que eu estava pensando em fazer a médio prazo. Mas teria que expandir muito os meus negócios, conseguir alguns sócios da mais absoluta confiança. Mas estava nos meus planos. O problema foi o crime, que virou um escândalo nacional, o meu apressado julgamento (268 anos), a minha prisão e a minha espetacular fuga.

O leitor vai me desculpar mais uma vez, mas hoje não estou conseguindo falar do crime. Minha cabeça está mesmo na Teka e neste filho que vamos ter. Além de tudo, estou em plena Síndrome do Pânico (o nome é lindo) e não consigo um Lexotan para tomar. Meu reino por um Lexotan!

Não consigo parar de pensar neste filho (ou será uma menininha?) que vai nascer. Minha filha menor sempre me pediu que tivesse mais um filho. Ou filha, como ela sempre disse. Me garantiu que ajudaria a cuidar, a dar mamadeira, a trocar fraldas, a passar Nenedent, enfim, a fazer essas coisas todas que a gente tem que fazer com os filhos até que eles cheguem à adolescência e descubram que a gente é tudo babaca e não sabe de nada. Quero estar livre para cuidar desse bebê junto com a Teka e a minha caçulinha.

Por outro lado, fico pensando como deve estar se sentindo a Irmã Catarina lendo estas linhas. Logo agora que ela estava disposta a largar o convento e viver comigo. Não posso deixar de dizer que, neste momento, tenho duas grandes mulheres ao meu lado. É o que eu sempre digo: atrás de todo homem bem-sucedido tem pelo menos duas mulheres de costas. Com o tempo, tudo se ajeitará, tenho certeza.

Recado para o doutor Jorge Varela, meu advogado:

Por favor, doutor Varela, quando o senhor vir (ou seria vier?) para cá, não deixe de trazer todos os vídeos (os já editados) dos clientes e dos fregueses. E, principalmente, a fita completa do crime. Não precisa trazer as fichinhas impressas, só os vídeos. Evidentemente que deve trazer também um videocassete. O senhor sabe onde encontrar tudo isso, não sabe? Desde já, agradeço. Aguardo o senhor o mais breve possível. Tenho certeza de que nos sairemos bem dessa vez. No primeiro julgamento, para não prejudicar terceiros, fomos obrigados a omitir alguns fatos. Mas agora vamos à verdade, como já disse, doa a quem doer.

Por outro lado, doutor Varela, acho que já está chegando o momento de entregarmos aquele primeiro crime, aquele que ocorreu antes do "meu". Acho que aquele elemento não merece mais a nossa atenção. O menosprezo com que ele tem nos tratado pode ser fatal para ele.

O que o senhor acha? Claro que não tomarei nenhuma atitude antes de conversarmos pessoalmente. Mas vá, desde já, pensando nessa possibilidade. Vou ter um filho e estou disposto a contar tudo. Olho por olho, dente por dente.

P.S. – O capítulo de hoje é dedicado ao meu filho que está na barriga da Teka. Que Deus o proteja e o abençoe. Estou feliz. Só falta mesmo um Lexotan...

Capítulo 21

A Nicinha, coitada

ENTENDO AGORA OS eremitas, aqueles cidadãos (ou seria cidadões) que se retiram para afastadas e altas montanhas, lá no velho e religioso Oriente, e ficam a meditar anos a fio. O que acontece com quase todos eles? Aproximam-se de uma entidade maior, chegam perto de Deus. É isso, a solidão leva à meditação e esta nos leva a Deus. Gostaria de ter aqui, agora, ao meu lado, a psicóloga-maior Ana Verônica Mautner, para me ajudar nesta minha aproximação, neste meu momento de reflexão e dor.

A reflexão divide a minha cabeça, aqui nesta cidadezinha onde estou escondido até que consiga provar a minha inocência e fugir aos 268 anos de injusta condenação. Portanto, tenho muitos assuntos a tratar hoje. Senão vejamos:

– meus pensamentos que se aproximam de Deus;

– meu filho que vai nascer com a Teka;

– continuar narrando o "meu" crime, que é o que todos os leitores estão querendo saber;

– contar para vocês como foi a minha conversa com o meu advogado, doutor Jorge Varela, aqui neste meu refúgio;

– voltar ao assunto Nicinha (a minha mulher que insiste em acabar comigo na Justiça da Família);

– contar como foi o primeiro crime, o crime antes do crime a que fui injustamente condenado.

Conforme o leitor pode ter notado, temos assunto para vários capítulos. Nem sei por onde começar.

Meu advogado passou duas tardes comigo aqui no hotel. Na opinião dele, devo contar tudo rapidamente, doa a quem doer. Acha, inclusive, que devo contar o tal do primeiro crime, o que farei ainda hoje, mais para a frente. Trouxe as fitas de vídeo que eu pedi e eu pude matar a saudade da minha esquina da chantagem. Disse-me também, o ilustre causídico, que a opinião pública está a meu favor e isso é meio caminho andado.

Jorge Varela informou-me ainda de que o verdadeiro assassino andou fazendo ameaças e ele tem medo que o mesmo fuja do país. Acha que devemos agir rápido.

Não creio que o Pedro Leopoldo faça isso.

Sim, Pedro Leopoldo é o nome do indivíduo que cometeu o crime pelo qual fui injustamente condenado. Mais tarde, falaremos dele com todos os detalhes. Chegou a hora da verdade, leitores e leitoras. Vou jogar merda, muita merda no ventilador.

O próximo capítulo será todo dedicado a Pedro Leopoldo, venha ele com ameaças ou não. Sei que isso precipitará a sua fuga. Mas, como disse o meu advogado, a prisão dele é um problema da polícia e não nosso. Cabe a nós a denúncia, as provas, enfim, mostrar para todos a minha alegada inocência. Aguardem, pois, o próximo capítulo. Chegou a sua hora, Pedro Leopoldo.

Não posso deixar de contar para vocês uma brincadeira que eu fiz com a megera da minha ex-mulher, a Nicinha.

Conheci, na minha rápida passagem pelo Carandiru, o Chico Gaspar. Ex-ponta-esquerda do Juventus de São Paulo, chegou até a ser cogitado por times maiores, mas o ciúme exacerbado o levou a uma tentativa de homicídio contra a sua loira noiva. Foi condenado a alguns anos e o sonho de chegar à seleção foi por água abaixo. Mas era o melhor jogador da seleção do Carandiru. Artilheiro nato, bom nas duas pernas, chutava com os três dedos e era o que se pode chamar de um homem atlético, bonito, forte, quase um halterofilista. Lembra muito aquele Alexandre Frota. Tipo do homem que a Nicinha sempre gostou.

Na prisão, Chico Gaspar aprendeu com os colegas todos os tipos de falcatruas e malandragens. Uma verdadeira escola do crime organizado e desorganizado. Estava para ter liberdade condicional quando eu tive uma ideia sensacional para enlouquecer a Nicinha, já que ela não faz outra coisa na vida a não ser me aporrinhar. Passei todo o plano para ele, lá na solidão da nossa cela, no pavilhão 2.

Precisava arrumar um dinheiro para ele executar o seu plano, a minha vingança. Pedi um adiantamento ao *Estadão*, no que fui prontamente atendido. Afinal, sou ou não sou um sucesso?

Nicinha passava o verão no Guarujá, provavelmente à procura de homens fortes que lhe saciassem seus instintos bestiais. Chico Gaspar hospedou-se num belo hotel da praia de Pernambuco, por onde ela perambulava com suas peruas amigas. Não foi difícil para Chico Gaspar a reconhecer. Ela ficava sempre perto da mesma barraquinha de bebidas. Bebia caipirinha como água, a égua. Uma foto no bolso e pronto. Chico começou a paquera, no que foi imediatamente correspondido. Conheço o meu gado, as minhas vacas. Não deu uma semana, e o Chico Gaspar já estava fazendo churrasco na (minha) casa dela. Da churrasqueira para a cama foi apenas uma questão de um espeto a mais. Picanhas, maminhas e línguas rolaram por todo o mês de dezembro. Nicinha estava apaixonada.

Foi quando tudo se deu. Chico Gaspar desfilava pelo balneário com um reluzente Escort dourado e conversível do ano. Roubado, porém, conforme o plano. Nicinha estava com uma Caravan. Depois de um mês de ensolarado amor às margens do limpo Atlântico, Chico deu o carro de presente para a Nicinha, como prova da sua repentina paixão de verão. Convenceu Nicinha a vender a Caravan. Foi para São Paulo e, com a procuração da amada Nicinha, vendeu a Caravan por mais de 20 mil dólares e foi para a Europa tentar outros dribles na segunda divisão da Bélgica. Nicinha, com o carro roubado, foi presa uma semana depois, de biquíni cavadão, passeando pela orla, de capota arriada.

Foi solta, claro, pois os parentes em Lins são influentes e ricos. Mas não é mais ré primária, que é o que eu e o meu advogado queríamos. Talvez agora seja mais fácil para mim reaver os meus bens e os meus filhos. E que o Chico Gaspar faça sucesso na Bélgica, com seu porte atlético e sua ginga pela esquerda. Grande amigo o Chico Gaspar!

Vocês podem achar uma certa maldade essas coisas que eu faço com a minha ex-mulher, mas quem possuiu aquela mulher não precisa ter inimigos, como disse o Kid Morengueira.

No próximo capítulo, toda a verdade. Vocês vão conhecer Pedro Leopoldo e começarão, junto comigo, a desvendar a verdade do crime hediondo pelo qual fui, digo mais uma vez, injustamente condenado.

Notaram como eu já estou colocando as vírgulas direitinho?

Capítulo 22

Pedro Leopoldo, o velho Kid

JÁ DISSE AQUI que o começo do crime foi a série de chantagens que eu fiz com os garotões e os clientes da esquina do Trianon. Foi, a partir dali, que tudo começou. Mas, até então, eu não havia falado do Pedro Leopoldo, pivô de todo o caso, culpado de tudo e quem devia ter sido condenado. Pois agora introduzo esse personagem inescrupuloso, que seria capaz de vender a própria mãe. Não pude me defender e acusá-lo no meu julgamento porque o calhorda estava fazendo chantagens comigo por motivos que mais tarde esclarecerei para os senhores leitores. Mas agora, incentivado pelo meu querido Jorge Varela, sou obrigado a abrir o jogo totalmente.

Vamos começar do começo. Pedro Leopoldo, como eu e o Prata, somos amigos de infância, de Lins. Se havia alguém naquela nossa turma de adolescentes que tinha tudo para a vida criminosa, era o Pedro Leopoldo, também chamado de Kid, apelido que, sei lá por que, ele mesmo se deu. Fizemos, nós três, o ginásio juntos. Fiquei alguns anos no colegial, mas o Kid parou os estudos e se dedicou a pequenos crimes. Depois ele mudou-se de Lins e nunca mais soubemos dele. Uns diziam que havia virado marinheiro e andava pelos sete mares. Outros que estaria preso junto com alguns brasileiros de Governador Valadares, no Oregon, Estados Unidos.

Bem, estava eu quieto, ainda morando lá no meu apartamento da Peixoto Gomide, a fotografar, filmar, gravar e editar os meus futuros chantageados, quando, um dia, pego um táxi. Quem era o motorista? O Kid.

O encontro foi uma festa. Fomos para um botequim e passamos a contar nossa vida um para o outro. Bebemos muito naquela noite.

Tive outros encontros com ele e, pouco a pouco, fui vendo que ele podia me ajudar. Foi quando ele começou a frequentar o meu QG eletrônico na Peixoto Gomide. Eu estava mesmo precisando de alguém para me ajudar na edição das fitas. Contratei o Pedro Leopoldo bem barato.

Foi assim que o Pedro Leopoldo, dito Kid, entrou mais uma vez na minha vida.

Dei muita liberdade para ele. Pouco a pouco, ele foi se inteirando de todos os meus negócios. Comecei a ficar preocupado com aquilo. Até que ponto eu poderia confiar no velho amigo de Lins?

Antes de prosseguir com a narrativa das minhas corretas preocupações, devo contar um pouco mais da vida do Kid, para que os leitores saibam com quem eu estava – e estou – tratando.

Ainda no ginásio, com pouco mais de 16 anos – ele tinha levado umas bombas no primário –, Pedro Leopoldo surpreendeu a todos na cidade quando do falecimento do seu pai. O seu Lima, fazendeiro de prestígio na cidade, presidente do Rotary local, tinha uma grande plantação de café numa vasta fazenda. O que fez o Kid? Cismou que o chão já estava cansado da rubiácea, mandou derrubar tudo e resolveu plantar pepinos.

Estudou com carinho a plantação de pepinos e esparramou as sementes pela terra. Realmente ele colheu belos e premiados pepinos, mas a concorrência com a japonesada da região fez com que ele não conseguisse vender um só saco dos seus maravilhosos pepinos, levando-o, portanto, em um ano de atividade como fazendeiro, à falência. Ficou pobre, coitado, teve que vender a fazenda e o dinheiro arrecadado durou apenas um ano nas verdes e perigosas mesas de pôquer do Clube Linense.

Com 19 anos incompletos, Pedro Leopoldo já era um tremendo fracasso. Foi quando começou a sua vida de pequenos golpes, falcatruas, espertezas interioranas.

Era violento o Kid. Lembro-me de que uma vez ele encheu a lata de Flits com gasolina, colocou fogo na ponta e, com aquele maçarico de quintal, insuflou fogo no rosto de um japonês que o chamou de rei dos pepinos. Até hoje o japonês carrega as marcas do ódio do Pedro Leopoldo no rosto e no pescoço.

Outra vez fez um furo no portão da garagem da casa dele que dava diretamente para a rua, e, quando as beatas vinham descendo para a missa – ele morava ao lado da igreja –, ele colocava o próprio pepino pelo buraco afora, para susto das incautas velhinhas. Elas gritavam, mas vinham cada dia mais cedo para a missa. Dizem que, para várias delas, o único pepino que viram na vida foi o majestoso Bráulio de Brito – que era o nome do pepino do Kid.

Pouco depois desse episódio, sem lenço e sem documento, Kid embarcou em barcos nunca dantes navegados e se aventurou pelo mundo. Hoje gaba-se de ter um filho em cada porto, perdendo a conta de quantos kidinhos espalhou pelo mundo.

Uma vez, na aduana de Montevidéu, abandonado por uma jovem e bela (segundo ele) prostituta uruguaia, resolveu se matar. Comprou uma agulha de seringa e um daqueles tubinhos que se amarram no braço para tirar sangue. Colocou o tubinho na agulha, acertou uma veia do braço direito, esticou o tubinho até a pia da velha pensão, ligou a televisão, pegou uma garrafa de grapa e ficou bebendo enquanto esperava que o seu sangue escoasse todo pela pia. Foi ficando cada vez mais tonto, cada vez mais perto da morte. A garrafa de grapa já estava pela metade, e ele ali, tonto, fraco. Mas não morria, o desgraçado. Foi quando ele percebeu que estava mesmo era bêbado, pois o tubinho estava entupido. Desistiu de morrer, dessa vez.

Conto esses pequenos casos, e poderia contar outros tantos, apenas para que vocês tenham uma ideia de quem foi e quem é Pedro Leopoldo Lima, dito Kid. Espero que o ilustre e digno senhor professor doutor promotor que julgou e voltará a julgar o meu caso esteja lendo estas linhas.

Mas voltemos ao começo. Dizia que Pedro Leopoldo estava se envolvendo e muito com os meus planos de chantagem, com os garotos e os clientes do Trianon, e isso começou a me preocupar. Sabia que em boa coisa não iria dar. Como realmente não deu.

A coisa funcionava mais ou menos assim. Com a aparelhagem que eu havia conseguido, gravava em vídeo todos os garotos e todos os clientes. Gravava a imagem e o som de todos eles. Assim ficava sabendo com quem eu estava tratando. Depois vinha a parte mais difícil e trabalhosa da empreitada, que era editar, fita por fita, de cada um dos futuros chantageados. Foi aí que eu coloquei o Kid para trabalhar para mim. Ele pegava as várias gravações de um garoto, por exemplo, e editava tudo numa mesma fita.

No começo, a gente se divertia muito com esse trabalho que, às vezes, varava madrugadas. Foi por aí que tudo começou a ficar estranho naquele apartamento da Peixoto Gomide. Tudo por culpa do Rogério.

O Rogério, como já foi dito, era um mulatinho quase branco, de vasta cabeleira lisa e bem-comportada. Viera do interior do Paraná, havia uns cinco anos. Com seu porte atlético, não teve dificuldades para conseguir trabalho em *shows* de *striptease* em boates com entrada permitida apenas para senhoras. Com o tempo, foi percebendo que atendendo homens na rua poderia ganhar muito mais que aquelas notinhas que as freguesas enfiavam avidamente na sua sunga. Dizem que, em Jacarezinho, teve oito doenças venéreas. Consta também que tem várias passagens pela delegacia por vadiagem na região do Trianon. Às vezes vinha trabalhar drogado e nos parecia bem mais agressivo. Trabalhava uma média de oito horas por dia e saía, em média, uma vez por dia. Tinha uma voz forte, bonita.

Esse negócio de achar a voz dele bonita, quem chamou a atenção para isso foi o Kid, é claro. Uma vez surpreendi o Kid a ver e ouvir a fita do Rogério o dia inteiro. Comecei a ficar preocupado com aquilo. Mas o Kid dizia que era apenas mais uma etapa do trabalho. Fiquei na minha.

Mas não pude mais ficar calado quando um belo dia o Kid – que a essa altura já estava morando comigo – raspou todos os pelos da perna e dos braços e do peito e – evidentemente – do rosto. Cheguei em casa e peguei o Kid de cuecas e liso como uma adolescente.

Ele, pintando as unhas do pé de um duvidosíssimo vermelho, não se abalou nem um pouco.

– O que é isso, Kid? Pirou de vez?

Ele me encarou. Estava de cílios. Enormes e cafajestes cílios postiços.

– Vou me vestir de mulher.

Meu Deus – pensei. – O que é que eu estou criando aqui dentro da minha própria casa?

– Como é que é?

– Estou me vestindo de mulher. Não dá para perceber? É isso mesmo que você ouviu. Não pode, é?

Poder até que podia. Mas o inusitado era a situação, ali, na minha sala, meia-noite de uma segunda-feira chuvosa.

– Baile de carnaval? – arrisquei.

– Não. Vou naquela boate que só entra mulher, para ver o show de *striptease* do Rogerinho.

Rogerinho, vejam vocês a intimidade. Também, pudera, de tanto editar a fita do garoto, já devia mesmo ter uma certa intimidade com o raparigo.

– Rogerinho, é?

Fiquei na sala ultimando outras fitas e o Kid foi para o quarto dele. Eu estava preocupado com aquilo. Até onde iria apenas a curiosidade? Onde poderia estar começando outros interesses?

Lembrei-me de Lins, onde Pedro Leopoldo sempre gostara de se vestir de mulher nos *shows* de aqualoco e mesmo nos carnavais de rua. Nada de grave, pensava comigo, quando vi o Pedro Leopoldo saindo do quarto dele. Leopolda, melhor dizendo. Não posso deixar de falar a verdade. Estava uma bela mulher, tentando se equilibrar naquele salto sete e meio, empinando o seu número 43. Peruca loira, imaginem vocês, batom, rímel, perfume e tudo mais a que tinha direito.

– Pode me chamar de Margarida. Ou preferes Margot?

Mandei o Pedro Leopoldo para aquele lugar e ele foi embora, assistir ao show do Rogerinho, como ele fazia questão de chamar o rapaz.

Trabalhei até as quatro da manhã aquele dia. Aproveitava os dias de chuva quando o movimento na esquina era pequeno para adiantar a parte de informática do meu plano. Depois fiquei ouvindo música e esperando o Kid, que não chegava. Fui dormir preocupado, é claro.

Já eram seis horas da manhã, quando a porta se abriu e ouvi vozes. Imaginando o pior, fui para a sala. Lá estava o Pedro Leopoldo todo encharcado, completamente embriagado, peruca fora do lugar, rímel escorrendo pelas bochechas, um peito pra cima e outro pra baixo, sorriso de idiota nos lábios manchados de batom marrom. Ao seu lado, completamente drogado, quem?

O Rogerinho.

Capítulo 23

A revolta de Pedro Leopoldo

Senhores diretores e senhores leitores:

Indignação! Asco, medo, devo confessar. Tenho família, exijo respeito!

Como é que um jornal do porte e da tradição de O Estado de S. Paulo *pôde curvar-se diante do senhor José Augusto Magalhães E. Soares, vulgo James Lins, dar-lhe guarida e publicar o que ele vem escrevendo a meu respeito sem ao menos consultar fontes, fichas policiais, meu passado de glórias na Marinha Mercante? Como? Estou pasmado, senhores diretores e senhores e senhoras leitoras.*

Há mais de uma semana, inexplicavelmente, o meu ex-amigo James Lins vem me difamando, contando histórias absurdas, reinventando a verdade.

Vamos por partes: realmente, numa noite, encontrei-me com o senhor James Lins quando dirigia um táxi. Táxi de minha propriedade, conforme registro em anexo. Sou aposentado por invalidez da gloriosa Marinha brasileira e faço bico como taxista, pois adoro uma boa conversa com desconhecidos.

Realmente plantei pepinos nas terras do meu pai em Lins. Meus pepinos eram, de fato, lindos, enormes, verdes como é o verde da nossa bandeira. Perdi dinheiro. Os japoneses realmente tinham o monopólio dos hortigranjeiros na região. Mas quem é que não erra uma vez na vida? Depois entrei para a Marinha, onde tive atuação brilhante, inclusive na questão do Canal do Panamá, quando tropas brasileiras foram lutar junto aos bravos e indômitos americanos, nossos irmãos do Norte. Sofri um acidente na virilha e fui obrigado (contra a minha vontade) a aposentar-me antes mesmo de completar os 50 anos. Agora sou taxista e cheguei até mesmo a ser candidato a secretário-geral nas últimas eleições no sindicato da categoria.

E agora me vem o senhor James Lins, este aldrabão, este parvo, este "frankenstein do Carandiru", a aporrinhar minha quieta e pacata vida de cidadão anônimo e cumpridor dos seus deveres? Qual é o plano do senhor, senhor James Lins? Jogar sobre as minhas costas e a minha integridade moral o seu hediondo crime?

Realmente, depois do nosso encontro naquela noite, fui algumas vezes ao apartamento do senhor James Lins para bebericar um uísque, já que nós dois sempre fomos muito chegados a isso. Mas jamais editei fita cassete alguma. Jamais me vesti de mulher, como ele contou na última quarta-feira. Jamais pintei as unhas dos pés. Jamais! Jamais conheci alguém chamado Rogério e jamais fui assistir a shows *de* striptease *de homem. Jamais! Tenho mais o que fazer e não sou dado a essas sem-vergonhices modernas e altamente anticristãs. Sim, também fui aluno do inesquecível Colégio Salesiano de Lins.*

Confesso que fiquei um pouco assustado com toda aquela parafernália eletrônica que ele tinha instalada em seu apartamento. Indagado por mim, respondeu que estava fazendo um curso por correspondência, para ser diretor de novelas. Confesso, ainda, que, naquele momento, cheguei a acreditar no meu então amigo. Havia fichas com nomes de homens esparramadas em cartolinas por todas as paredes da casa. Eram os personagens que ele estava criando, me disse. Mais uma vez acreditei. Depois viria a saber, pelos jornais, que fichas eram aquelas.

O que pretende o senhor James Lins? Aonde quer chegar o senhor James Lins com essas inverdades e insinuações? Será que existe um só leitor desta história que ainda acredita em uma única palavra desse assassino, desse criminoso?

Apesar de ser de poucas posses, estou constituindo um advogado para processar o jornal, o James e o advogado dele, o senhor Jorge Varela, que deve ser o mentor de tantas impropriedades.

O que poucos sabem é: quem é, na verdade, esse advogado – formou-se em Bragança Paulista, por correspondência, no tempo que era caixa do Bradesco de Itapecerica da Serra –, Jorge Varela (agora anda com a frescura de colocar dois "l" no Varela. Coisa de novo-rico).

Se o jornal, se a editoria de polícia deste jornal, na pessoa do ilustre jornalista Renato Lombardi, tivessem tido a curiosidade de investigar um pouco, ou apenas pedir a ficha corrida dele na Secretaria de Segurança do Estado, saberiam agora do que eu estou falando.

Nos anos 50 e depois nos 60, o senhor Varela enriqueceu à custa do governador Adhemar de Barros, o pai. Era ele quem controlava a conta do "doutor Rui". Quem for mais velho saberá do que eu estou falando. Bons tempos aqueles, em que as comissões eram de apenas três por cento. Pois foi o doutor Jorge Varela quem teve a ideia de subir para cinco por cento. Eis aí, na fonte, quem viria a inflacionar as propinas estaduais. Chegou, na época, a ser cogitado para a Secretaria da Cultura, pois tinha acabado o curso de advocacia por correspondência, com as notas as piores, diga-se de passagem. Hoje não passa de um advogado de porta de delegacia e que quer, ao usar as páginas deste matutino, quem sabe, conseguir nova e incauta freguesia.

E são essas pessoas, leitores, a ralé da nossa sociedade, que estão agora manipulando esta história verídica em forma de livro. São essas pessoas que querem me incriminar, que querem me jogar na lama, que é o lugar de onde eles nunca deveriam ter saído.

Que os senhores se preparem, porque vem aí chumbo grosso. Bem grosso. Tenho dezoito filhos espalhados por todo o mundo, e desta minha defesa dependerá o meu futuro e o deles. Já acham estranho o pai ser brasileiro. Brasileiro sim, mas honesto, íntegro, cumpridor dos deveres. Pago meus impostos na fonte e quero respeito. Por mim, pelos meus dezoito filhos, pelo Brasil. Justiça.

Que James Lins volte para a Casa de Detenção de onde nunca deveria ter escapado e que se restaure a dignidade nas páginas deste jornal.

Ass.: Pedro Leopoldo Lima

Capítulo 24

A ameaça de Rogerinho

Li e reli a carta publicada ontem pelo contraventor Pedro Leopoldo, o Kid. O que não faz o desespero com a alma humana! Quem te viu, quem te vê, Kid. Quanto às barbaridades que disse a meu respeito, calo-me, por ora. Continuarei a contar a minha história até o final. Quanto às acusações que fez contra o meu advogado bacharel professor doutor Jorge Varela, o mesmo responderá de próprio punho.

Não gostaria de me estender sobre o texto de Pedro Leopoldo, mas não posso deixar de assinalar o desespero que se postulava em cada palavra, cada frase. É a verdade que está vindo à tona, é o desespero que se apodera do meu velho companheiro de infância.

Mas, voltemos aos fatos, que é isso que interessa aos leitores. Dizia eu, outro dia, que "já eram seis horas da manhã, quando a porta se abriu e ouvi vozes. Imaginando o pior, fui para a sala. Lá estava o Pedro Leopoldo todo encharcado, completamente embriagado, peruca fora de lugar, rímel escorrendo pelas bochechas, um peito pra cima e outro pra baixo, sorriso de idiota nos lábios manchados de batom marrom. Ao seu lado, completamente drogado, quem? O Rogerinho".

Imaginem a minha situação. O que fazer? Rogerinho, uma das minhas vítimas, ali, dentro do meu quartel-general. Pedro Leopoldo continuava com o sorriso idiota de quem não sabia bem o que estava fazendo.

– O *show* foi ótimo, você devia ter ido – disse o beócio, na falta de coisa melhor para falar, enquanto retirava o seio esquerdo.

Rogério, com os olhos estatelados, dava uma geral na sala de poucos móveis. Naquele momento, senti que tudo poderia ir por água abaixo. O cara de pau do Kid ainda ofereceu a única poltrona disponível para o garotão do Trianon. Me fiz de valente:

– Rua! Os dois! Rua! Isso aqui é um lar, uma casa de respeito! Rua, já disse!

O Rogerinho, que já ia se sentando, levantou-se e veio para o meu lado com os olhos bem abertos.

– Ciúmes, bofe?

Eu nunca fui uma pessoa violenta. Aliás, detesto a força física para resolver situações. Mas ali, naquele momento, eu não tinha outra alternativa. Dei um murro no garotão que, agora sim, caiu sentado na poltrona. Ele tirou um enorme canivete, daqueles que se aperta um botão e a lâmina pula para fora. Veio vindo para o meu lado, encostou a arma bem perto da minha garganta e apertou o botão.

A lâmina, que eu já sentia perto do meu gogó, era apenas um pente. Alívio. Ele penteou os cabelos, deu uma gargalhada e foi para a porta. Mas, antes:

– Eu volto.

Olhou para o Pedro Leopoldo, deu um sorrisinho:

– Tchau, Margot...

Encostou a porta delicadamente e eu só me tranquilizei quando ouvi o elevador chegar, abrir, fechar e descer de novo. Olhei para o Kid. Havia sumido. Eu queria matá-lo. Fui ao quarto. Ele estava caído na cama, de costas, com um peito só e a peruca deslizando até o carpete.

Não consegui dormir. Aquele "eu volto" ecoava nos meus ouvidos.

O Kid acordou tarde, tomou banho, fez a barba e entrou no meu escritório.

– Que noite! Que horas eu cheguei?

Olhei bem para a cara dele. Seus olhos estavam vermelhos, saltados.

– O senhor não se lembra da hora que chegou?

– Nem como vim. Vim de táxi?

Eu não acreditava no que estava ouvindo.

– O senhor não vai me dizer que se esqueceu que trouxe até aqui, ninguém mais ninguém menos, que o Rogério.

– Deixa de brincadeira, James.

Começou a comer uma banana-nanica. Disse com a boca cheia:

– Eu que bebo, você que fica de porre, meu!

Insisti com ele, mas ele não se lembrava mesmo. Nem do murro, de nada. Amnésia alcoólica depois dos 50 é isso mesmo. Ele não se lembrava de nada. Nem ousei perguntar onde eles tinham estado antes de chegar ao apartamento da Peixoto Gomide. Falei para ele do "eu

volto" e aí ele foi caindo em si e percebendo a confusão em que estava nos metendo.

– Percebe a confusão? Temos que nos mudar daqui o mais rápido possível.

– Meu Deus, eu sou um idiota.

– Desde que nasceu! E pegue a casca da banana no chão, imbecil!

Oito meses de trabalhos provavelmente jogados fora pela inépcia do Pedro Leopoldo, o tal do Kid. Trabalho árduo, como os senhores e as senhoras vêm acompanhando aqui nestas páginas. Um trabalho profissional, informatizado, para quê? Para vir esse panaca que só entende mesmo de mares do Sul e jogar tudo por água abaixo?

Sou obrigado a interromper por algumas linhas esta narrativa do meu passado recente para informar de três cartas que recebi aqui no meu quartinho de hotel em algum canto do Brasil. Irmã Catarina, Teka e Nicinha.

Vamos começar pela ex-mulher, que anda um pouco nervosa, coitada (falta de homem é um problema muito grave):

José Augusto. Não adianta se esconder que a polícia vai te achar nem que seja no inferno. Soube, através do seu péssimo texto, que o meu problema com o Chico Gaspar foi todo armado por você. Deveria ter desconfiado disso há mais tempo. Só mesmo você, com essa cabecinha oca, seria capaz de fazer tal maldade. Nestas horas você não pensa nos nossos três filhos, não? Meu advogado está tratando de tudo para que você não fique com nada do que herdei e/ou construímos juntos. Não tenha dúvida, José Augusto, apesar de ter filhos com você, quero que passe o resto da sua vida atrás das gra-

des. Te odeio com todas as forças que ainda me restam. Soube, também pelos jornais, que vai ter um filho com a sirigaita da Teka. Não que eu queira falar, não sei se você sabe, mas ela anda saindo com todo mundo aqui em Lins. Uma verdadeira viúva alegre. Será que o filho é mesmo seu? Eunice.

O bilhete da Irmã Catarina:

James, querido. Independentemente do seu e do meu futuro – tenho certeza de sua absolvição final –, resolvi mesmo largar o Convento. Não conseguia mais encarar Cristo e Nossa Senhora Auxiliadora lá na minha cela do convento, onde você passou a primeira noite como foragido. Ainda sinto uma certa culpa por, depois de tantos anos, ficar na dúvida sobre a minha vocação. Mas a cerveja falou mais alto que a água benta, como você me disse um dia. Tenho estado com o Varela e ele está trabalhando muito bem no seu caso. Por favor, James, não se sinta o responsável por esta minha decisão. Digamos que você apenas deu um empurrãozinho. Seguem cartas da Teka e da Nicinha, que me procurou através do advogado dela. Parece que está uma fera com você. Seus filhos vão bem. Conheci sua mãe. Um amor, a dona Lila. Fique tranquilo, pois ninguém – fora eu e o Varela – sabe do seu paradeiro. Um forte abraço da Catarina.

Por fim, a Teka:

Meu amor. Tudo o que eu queria é saber onde você está, para ficar ao seu lado. Gostaria que você passasse a mão na minha barriga e sentisse o coraçãozinho do seu filho bater.

Fui ontem ao médico – você sabe, na minha idade – e, até aqui, está tudo indo às mil maravilhas. Sua mãe está bem. Temos conversado muito e ela, cada vez mais, acredita na sua absolvição. Tenho rezado muito para que isso aconteça o mais breve possível. Estou em Lins, onde todos torcem por você. Você é o assunto mais comentado da cidade. Às oito da manhã a edição do Estadão *já está esgotada nas bancas. O Didu; do* Correio de Lins, *quer saber se você não pode mandar umas crônicas para o jornal dele. No mais, tudo bem. Por favor, mande uma cartinha para mim pela Irmã Catarina. Nem que seja apenas uma linha. Quero ver a sua letra, sentir o seu coração batendo junto ao meu e ao do nosso futuro filho. Beijos e mais beijos, da sua, sempre sua, Teresa.*

Capítulo 25

Na sala com Rogerinho

Irmã Catarina:

Mesmo que tenha deixado o convento, sempre a chamarei de Irmã. Não, minha amiga, não sinto nenhuma culpa pela sua desistência da vida religiosa. Deus escreve certo por linhas tortas, não é mesmo? Tudo que desejo é que seja feliz neste momento da sua vida.

Conforme o meu advogado já deve ter informado, tive que mudar da cidade, perseguido que estava pela polícia local. Não por ser um foragido, mas sim por ter abusado da boa vontade da cidadezinha de Guaimbê, perto de Lins, onde fiquei esses dias todos.

Imagine, Irmã Catarina, que eu passava o dia inteiro trancado dentro de um cubículo sem nada para fazer. Você me conhece. Gosto de agitar. Comecei a maquinar planos para ganhar um dinheirinho por aqui. Um planozinho simples, interiorano, apenas para não perder a embocadura.

Tudo começou quando coloquei um pequeno anúncio no jornalzinho semanal da cidade, pedindo secretárias. Apareceram umas vinte. Claro que, pela lei das probabilidades, 20 por cento caem na conversa da gente. Foram quatro belas inte-

rioranas criadas a leite genuíno, ancas fortes, seios firmes, unhas limpas. Além de manter atividades extracurriculares com as mocinhas, elas trabalhavam para mim. Vendiam telefones celulares. Chegamos a vender mais de 200. Mas como os aparelhos começaram a demorar, surgiram as reclamações. As mocinhas me defendiam como podiam. Mas uma – olha o meu azar – era filha do delegado Cavalão. Tive que fugir na calada da noite. Mas consegui um bom dinheiro e tenho certeza de que aquelas mocinhas de Guaimbê nunca se esquecerão de mim. Quando puder, mandarei quatro celulares para lá.

Portanto, as cartas poderão ser encaminhadas para o doutor Jorge Varela, que ele sabe onde eu me encontro.

Seja feliz, minha querida. Reze por mim. Sei que Deus está do meu lado.

James.

Maria Tereza (nunca me lembro se é com z ou com s):

Meu amor: você deve estar sofrendo agora, ao saber que eu estive aí em Guaimbê, tão perto de Lins. Mas eu não podia arriscar. Mas, com a barba crescida como está, estou mesmo irreconhecível. Outro dia, não resisti de saudades e fui até Lins. Uns bons óculos escuros me fizeram ficar bem disfarçado. Passei horas em frente à sua casa, esperando para ver você, ao menos de longe. O máximo que consegui ver foi quando você foi fechar a janela – era lua cheia – e ficou algum tempo olhando para a lua. Eu estava na esquina, atrás da árvore. Você estava pensativa, provavelmente pensando no nosso filho que está para chegar.

Depois fui para o Chopão e sentei-me numa mesa do fundo. Tantos amigos, que vontade de falar com cada um deles e dizer: sou inocente, companheiro. Estavam lá o Zé

Antônio e a Turca, o Luizinho Prudêncio, o Ciro Penteado, o Ribinhas, penteado como sempre, o Vanny, o doutor Ivan, a dona Lurdes Vilela, o Pastorello, o Robertão Janeiro e a Maria Eunice. Tomei alguns chopes escuros e fui para a Vila São João matar a saudade. Que surpresa: fecharam a zona de Lins! Peguei um táxi, passei mais uma vez pela sua janela, a luz ainda estava acesa. Pensei em bater, entrar, te amar. Mas seria muito arriscado, meu amor. Sei que estou bem próximo da minha absolvição. Aí sim, poderei ficar com você forever.

Diga ao Didu que mandarei algumas crônicas para ele. Tenho até o título já: Memórias do Cárcere. *Que lhe parece? Acho que já vi esse título em algum lugar. Deve ser de algum filme americano antigo.*

O que você fazia com a luz acesa às cinco da manhã?

Um beijo do José Augusto.

Nicinha:

Você sabia, Nicinha, que o ódio e o amor andam lado a lado: esse seu ódio sem sentido por mim, desconfio, talvez ainda seja amor. Brigamos muito, discutimos muito, mas eu tenho certeza de que esse ódio deve-se àquela frase que eu lhe disse uma vez:

– Você é tão insignificante que o seu bolo de aniversário é menor que uma empadinha.

Tchau, vai arrumar logo um homem, que eu tenho mais o que fazer. Vi você no Chopão. Devia cair em si e usar sutiã, antes que eles, os seios, caiam em si. Você não tem mais 20 aninhos, minha filha.

J.

Voltemos agora ao que interessa:

Pedro Leopoldo havia me arrumado um grande problema. Havia trazido o marginal Rogério para dentro da minha casa, drogado, na noite anterior. Foi expulso com porrada e tudo, mas disse: eu volto. Isso não saía da minha cabeça. Como resolver? Apenas mudar-me de apartamento?

Sentei-me com o Pedro Leopoldo, ambos sóbrios, para resolver o impasse. Disse, começando a conversa:

– A essa altura, ele já deve ter contado para todos os amigos ali da esquina e a gente está correndo perigo, seu imbecil!

– E o que você acha que a gente deve fazer?

– Sabe quanto eu estava esperando faturar com esse trabalho, Kid? Perto de 500 mil dólares. Quinhentos mil dólares! Ouviu bem? Quinhentos mil! Tem ideia do que isso significa?

– Vamos matar o Rogerinho!

Ele falou aquilo com tanta calma e convicção que eu tremi nas bases. Levantei-me e resolvi servir dois uísques duplos, porque a situação merecia. Ficamos em silêncio por alguns minutos. Fui para a janela e fiquei olhando para a esquina do Dante. Dali a algumas horas eles estariam todos naquele lugar. Provavelmente olhando e apontando a minha janela. Drogados, armados. O Pedro Leopoldo era mesmo um débil mental, não conseguia tirar isso da minha cabeça.

– Eu tenho que te confessar uma coisa, James.

– Fala logo. Qual é a besteira dessa vez?

– Temos que matar o Rogério.

– Temos, uma vírgula. Isso é uma ideia sua. Não tenho nada a ver com ela.

– Vai ser ele ou nós.

– Olha aqui, Kid. Você pode me chamar de tudo o que quiser, menos de ladrão, dedo-duro e assassino. Nunca matei nem uma mosca. O único murro que dei na vida foi aí nesse seu amiguinho. Temos que achar uma solução mais profissional, menos violenta.

– Mas eu tenho mais motivos para matar o Rogerinho que você.

– Não estou te entendendo.

– Eu tenho uma coisa com ele.

– Que é isso, cara, virou viado nessa idade? Pra cima de mim, não. Que eu saiba, você sempre... Tudo bem que você nunca se casou, mas...

– Não sei se você vai entender, James. Mas eu vou tentar explicar. Me escute com atenção.

– Olha aqui, Kid, a gente não pode misturar emoção com o trabalho. Trabalho é trabalho. É sério. Me conta, pode contar. Você, com cinquenta e tantos anos, virou homossexual? Pode se abrir, cara...

– Nada disso. Parece que não me conhece, James! Viado linense só o Jacó e o Nelsinho. Tá me estranhando?

– Então não estou entendendo. O que é que você está querendo me dizer?

Toca a campainha. Nos entreolhamos. Ninguém estava esperando ninguém. Aliás, ninguém sabia que a gente estava morando ali. A não ser o Rogerinho. Era ele.

Completamente diferente daquele que eu havia esmurrado. Sóbrio, bem-vestido e, devo confessar, muito educado e simpático. Abrimos a porta e não sabíamos o que dizer. Pedro Leopoldo se adiantou:

- Entra.

- Com licença.

O Rogerinho entrou. Fui rapidamente até o meu quarto, o meu QG, e fechei a porta à chave. Quando voltei, ele já estava sentado na única poltrona da casa. Pedro Leopoldo, com o copo de uísque na mão, não sabia o que dizer. Muito menos eu. Mas ele quebrou o gelo.

- Vim pedir desculpas por ontem à noite. Tinha cheirado um bocado e eu fico um pouco agressivo.

Falava manso, simpático, cortês.

- Eu também me exaltei - disse eu, sem graça e com o coração a 180.

Mais um silêncio constrangedor e perigoso no ar. Pedro Leopoldo fez as vezes da casa:

- Um uísque?

- Obrigado. Não bebo quando trabalho.

Entreolhando-nos, eu e Pedro Leopoldo demos um trago nos nossos uísques. Como ninguém falava nada, resolvi quebrar o gelo.

- Em que posso servi-lo?

- Quero ver a fita com as minhas gravações.

- Que fitas? - dissemos os dois.

- Aquela que você mencionou, Kid. Eu, pegando clientes.

Dessa vez o silêncio foi estarrecedor, digno de um capítulo final de uma novela.

Rogerinho estava ali, na minha poltrona, impávido, colosso. Pedro Leopoldo não sabia o que fazer. Muito menos eu.

– As fitas! – disse com firmeza Rogério.

– Sim, as fitas! Que fitas mesmo? – ignorei eu.

– O senhor sabe muito bem do que eu estou falando.

Detesto que me chamem de senhor. Sempre tive e sempre terei cara de garoto. Mas ali, naquela situação esdrúxula, senti que havia um certo respeito pela minha pessoa. Pensei que o Pedro Leopoldo fosse dizer alguma coisa, mas nada. Olhava para o chão como se a coisa não fosse com ele, como se procurasse uma barata para matar.

– E então, Pedro Leopoldo? – eu disse. – Que fitas são estas, Pedro Leopoldo?

– Fitas? Não sei de fita nenhuma.

Rogério levantou-se e foi para o banheiro sem perguntar se podia ou onde era. Ficamos nós dois, falando baixinho.

– E agora, cara?

– Você que foi caguetar as fitas, agora arruma uma desculpa qualquer. O cara é bandido, pode estar armado.

Ficamos algum tempo em silêncio. Ambos acendemos um cigarro cada. Ou dois, nem me lembro mais. Eu suava e o Kid se segurava para não tremer.

– Vamos chamar a polícia – ele disse baixinho.

– Tá louco, cara? Quer nos azarar de vez?

Rogério voltou do lavabo, cafungando feio. Senti que a coisa ia mesmo ficar preta.

– Quero saber qual é a finalidade dessa fita. Chantagem? Pra cima de *moi*?

Eu não tinha mais escapatória a não ser contar toda a verdade para aquele crápula. Expliquei que era para chantagem sim, mas não com eles e sim com os fregueses.

Ele ouviu com atenção a minha pequena explicação.

Em silêncio, ficou andando pela sala. Não falava nada. Nem nós.

Foi de novo para o lavabo, sem pedir licença. Continuamos a nossa conversa baixinho. Pedro Leopoldo estava indignado.

– Quer pôr tudo a perder, cara? Ficou doidão?

– Você não percebe, Kid, que é melhor a gente ter esse sujeito do nosso lado do que contra nós?

– Do nosso lado para quê?

– Tenho umas ideias. Ele pode nos ser útil.

– Você está louco!

– Bandido não briga com bandido, idiota! A não ser por droga pesada. Sei o que eu estou fazendo.

No que eu falei em droga, ele voltou para a sala, mais cheirado ainda.

– Quero entrar nessa.

Entreolhares. Eu disse:

– Como assim?

– A ideia é muito boa. Não sei como nunca pensei nisso. Odeio esses caras. Faço tudo isso por dinheiro. Aliás, quero deixar bem claro que faço qualquer coisa por dinheiro. Qualquer coisa!

No "qualquer coisa!", Leopoldo me olhou com o rabo do olho. Eu tomei a iniciativa.

– Podemos sentar e conversar.

– Eu já estou sentado – disse o Rogério.

– É que só tem essa poltrona – rebati.

– Mas não é por causa de cadeira que vamos deixar de fechar negócio, não é mesmo, James?

– Claro, claro. Kid, vê uns uísques para a gente.
– Já disse que não bebo em serviço.
– Claro, havia me esquecido. Por onde começamos?
– Pelo começo, seu Lins. Pelo começo.

Capítulo 26

Nicinha, Teka ou Catarina?

ALI ESTÁVAMOS os três. Rogério, Pedro Leopoldo e eu. Reunião de trabalho das mais inesperadas e tensas. Alguma palavra mal compreendida poderia ser fatal. Como fechar negócio com um garoto daquele, acostumado a extorquir dinheiro, uma vida regada a drogas e violência?

Pedro Leopoldo resolve quebrar o gelo e diz, disparatadamente:

– Trinta e três por cento para cada um e não se fala mais nisso!

A minha primeira reação foi matar o Pedro Leopoldo.

Esganar com as próprias mãos. Primeiro, que ele não tinha nada a ver com o meu negócio. Ele estava agindo como se fosse dono de 50% do meu empreendimento. E, em segundo lugar, quem era ele para conduzir as negociações daquela maneira?

– Vou fazer que não ouvi, Kid.

Mas o garotão gostou da ideia do Kid.

– É um bom começo de conversa. Vocês vão ver que eu posso ser muito útil. Com a minha aliança e os meus conhecimentos, vocês vão faturar muito mais. E, por falar em faturar, está na minha hora. Tenho que faturar. E hoje ainda tem o *show*. Apareçam por lá, mais tarde.

Foi até o banheiro novamente, voltou rapidinho.

– Amanhã passo aqui às duas da tarde para a gente almoçar e tratar dos detalhes.

Deu dois abanos de cabeça e saiu com a convicção de que era mesmo sócio do negócio. Esperei a porta do elevador se fechar, entrei correndo.

– Depois conversamos sobre o absurdo que você acabou de falar, Kid. Agora, vamos empacotar tudo.

– Empacotar o quê?

– Tudo. Vamos nos mudar esta madrugada.

Fui até o quarto do fundo, o que dava para a esquina e olhei para fora. Rogério estava com o Cachorrão, encostado no muro do Dante. Minha luz estava apagada. Não me viam. Mas eu via os dois. Rogério estava apontando para a minha janela. Tremi. Juro. Suei frio. Tomei um Lexotan.

Vai ser mais um sócio, o Cachorrão, pensei com os meus botões informáticos. Não teria tempo para alugar um apartamento. Teria que ir para um hotel, no centro da cidade, longe dali.

O pior é que eu ainda não havia começado a chantagear, apesar de ter a ficha de todos os clientes. Tinha que agir rápido. Tinha que fugir daqueles garotos antes que fosse delatado.

Pedro Leopoldo com a cara de débil que sempre o caracterizou, entrou no quarto com um revólver na mão.

– Daqui eu acerto ele.

Com todo cuidado, tirei a arma dele:

– Idiota, olha para baixo.

Kid esticou os seus olhos esbugalhados. Rogério, Cachorrão e mais quatro garotos conversavam. O assunto, claro, era a nossa janela. Se eles resolvessem, naquele momento, subir para acertar as contas comigo, eu não estaria aqui, agora, escrevendo esta história.

– Vamos, Kid, vamos arrumar tudo! E não me venha mais com papo de porcentagem. Você é um assalariado! Ouviu? Não passa de um contínuo de luxo!!! Contínuo! Vai arrumando tudo aí que eu vou até o Centro descolar um hotel pra gente.

– Podes crer, chefinho.

E por falar em hotel, nos últimos anos venho sempre morando em hotel. Aquela foi a primeira vez. Nos mudamos de madrugada para o Cineasta Hotel, São João quase com Ipiranga. Depois houve o crime, fui preso e passei um bom tempo numa cela. Não era um hotel de luxo mas as companhias eram agradáveis.

E agora estou eu, aqui neste interior quente, morando num outro hotel, enquanto o doutor Varela prepara a minha defesa e a minha apresentação às autoridades.

E aqui estou eu nesta solidão tremenda, pensando na vida, relembrando meus casos, tentando divertir vocês, enquanto aguardo a minha liberdade.

Nicinha, Teka ou Irmã Catarina? Sim, um dia eu vou sair daqui e não estou mais na idade de frequentar a noite à cata de alguém que aplaque a minha solidão. Nicinha, Teka ou Irmã Catarina?

A Nicinha tem o dinheiro, tem heranças. A Teka sempre teve o meu amor e agora carrega um filho meu na barriga. A Irmã Catarina, além de ser a mais jovem, é virgem. Isso conta.

A Nicinha é a mãe dos meus filhos. A Teka vai me dar um filho. A Irmã Catarina pode me dar vários filhos. O ideal seria ficar com as três. Mas não é hora de pensar nisso. Mas, se não penso nisso, em que vou pensar? Experimente ficar dias e dias trancado dentro de um quarto de hotel e você vai ver as besteiras que você pensa.

Voltemos ao passado recente. No Cineasta Hotel aluguei dois quartos. Um para mim e outro para o Pedro Leopoldo, que estava começando a me ficar caro. Em primeiro lugar, porque ele ronca feito um porco e suas necessidades fisiológicas exalam odores nem um pouco agradáveis. Em segundo lugar, eu não podia mais me desgrudar dele. Ele era o homem que sabia demais. Proibi-o de andar de táxi pela cidade falando com desconhecidos, como gostava.

No segundo dia do Cineasta, no meu quarto, ele veio continuar uma conversa estranha que tivera comigo dias antes. Sobre o Rogerinho, como ele gostava de dizer.

– Ainda acho que você devia dar uma sociedade para o Rogerinho.

– Mude de assunto, por favor.

– É gente fina.

– Gente fina, é?

– Eu gosto dele.

Enquanto abria uma latinha de cerveja, olhei bem no olho dele.

– Gosta como, Kid? Que tipo de gosto? Não era você que queria matar o cara, acabar logo com isso de uma vez?

– Você nunca vai entender o que está acontecendo comigo.

– Não vou mesmo. Nem queira explicar. Poupe-me de seus absurdos. É um favor que você me faz.

Ele se levantou, ligou a televisão, o vídeo e colocou uma fita. A dele, Rogerinho. Não falei nada. Ficamos os dois olhando. Era uma fita já editada, com os melhores momentos do Rogério. Uns 20 minutos de ação. Assistimos calados aos 20 minutos.

Comecei a achar mesmo que o Kid, depois de velho, ia dar uma desmunhecada fatal. Mas não achei oportuno fazer tal comentário. Senti, na verdade, certa pena dele. Fiquei lembrando da nossa adolescência em Lins, quando íamos para a zona vestidos de médicos para "examinar" as moças. Será que o meu amigo de tão longa data estaria dando uma guinada na vida?

Depois de duas semanas trancados e com a certeza de que o Rogério tinha mesmo desaparecido, começamos a parte mais divertida e fácil da chantagem.

Era só telefonar para o escritório da vítima (claro que eu não seria mau-caráter para ligar para a residência), dar um pequeno toque do que se tratava, marcar um jantar num bom restaurante no centro velho da cidade e o resto era fácil. Eu fazia questão de pagar as refeições. Sou profissional.

Era divertido, muito divertido ver a cara dos panacas das vítimas. O Kid organizou um álbum de fotografias para cada um deles. Devo confessar que, nesse ponto, o sistemático Kid foi muito útil, de uma eficiência total. Pareciam aqueles álbuns de fotografia de casamento. Fotos coloridas, ampliadas, com sedinha entre uma e outra. Nome gravado em dourado na capa macia.

O sujeito ia virando as páginas em silêncio, compreendendo a fria em que tinha entrado. Eu precisaria escrever um outro livro só para narrar essas conversas. Claro, todas foram devidamente registradas no meu gravadorzinho escondido no bolso do paletó, dentro do lencinho. Serviço de primeiro mundo.

O dinheiro entrava fácil. Em dólares, evidentemente.

Mais fácil ainda era depositar no Banco Unión em Montevidéu, para onde fomos algumas vezes. Tinha que tomar cuidado para o Kid não perder tudo no Cassino de Carrasco.

Nicinha, Teka ou Irmã Catarina, a virgem?

Capítulo 27

J. Cruz, o detetive particular

TUDO IA ÀS mil maravilhas com o meu plano de chantagem dos clientes do Trianon. Como já disse, o dinheiro – fácil, fácil – estava entrando bonito e indo direto para a conta do Banco Unión, em Montevidéu.

Já estávamos havia três meses nessa laboriosa atividade, morando ali no Cineasta Hotel, quando tudo começou a dar para trás. Ou melhor, eu senti que as coisas não iam muito bem. Pedro Leopoldo, cada vez mais sisudo, andava sumindo pelas madrugadas.

Foi nessa época que houve o roubo no meu quarto do hotel. Numa das minhas viagens ao Uruguai – o Kid não estava mais indo, perdia muito no Cassino –, quando voltei, havia sumido a máquina de filmar com tripé e tudo. E o microfone direcional. Não podíamos dar parte à polícia, pois nem tínhamos a nota fiscal da aparelhagem. Comecei a juntar as duas coisas: as saídas do Kid e o roubo do meu equipamento.

Bem em frente ao nosso hotel, havia uma placa: "J. Cruz, detetive particular. Trinta anos de experiência".

Tinha que marcar hora. Marquei e fui. Sozinho. O Jota era de Jesus mesmo. Um sujeito magro, muito magro. Me lembrei do Nelson Rodrigues, que dizia: "todo canalha é magro". Fumava muito o detetive. E jogava a cinza no chão. Tinha uma tosse constante, e a unha enorme no dedinho da mão esquerda, que ele não cansava de enfiar no nariz e fazer bolinhas que arremessava pela janela, caindo em alguém na São João.

Eu não estava ali para ele descobrir quem havia roubado o meu material, mas sim para saber por onde andava o Kid nas suas escapadas noturnas. Expliquei o caso.

– Não trabalho com casos envolvendo homossexuais, *man* – me disse ele com um certo sorrisinho no canto na boca.

– Não se trata disso, seu Jota.

– Como que não se trata, *man*? O senhor vem aqui, diz que mora com um tal de Kid, diz que ele anda saindo escondido à noite, quer que eu descubra, e coisa e tal. Coisa de viado, com o perdão da palavra. Ciúmes, *man*?

Eu não podia explicar toda a história para ele. Ele maliciava cada palavra, insinuava-se em cada frase. Mas precisava descobrir onde o Kid andava. Tinha minhas desconfianças.

– Veja, senhor James, eu tenho que saber todos os detalhes do caso para trabalhar. Já disse que não atuo em situações como essas. Mas o senhor sabe, aquelas notas verdinhas sempre falam mais alto. Se o senhor me contar tudo... Há quanto tempo estão juntos? Eram casados antes? Com mulheres, eu quero dizer. Quem sabe ele não voltou para a esposa, *man*? Acontece muito. É normal...

– Olha aqui, seu Jota, o senhor não está entendendo bem.

– Ou o senhor abre o jogo comigo, ou nada feito.

Ele acendeu mais um cigarro, enfiou o dedo no nariz novamente e ficou me olhando, o canalha.

Será possível que, aos 51 anos de idade, eu vou ter que "confessar" para um estranho chamado Jesus que eu sou gay?

Percebi que não havia outra alternativa.

– Ok, Jesus, eu sou gay...

– Há quanto tempo, *baby*?

– Aí já é demais. O senhor não é nem meu analista nem o meu confessor. Vamos aos fatos. Quero apenas que o senhor me encontre um homem.

– Um homem, não. O seu homem. Ele, o tal do Kid, é ativo ou passivo?

– É melhor encerrarmos a conversa por aqui.

– Está bem, não se exalte. Tem uma foto dele?

– Melhor do que isso. Tenho uma fita de vídeo.

– Por aqui.

Jota me levou para uma salinha escura, no fundo, onde havia um videocassete. Coloquei a fita. Quase morri de vergonha. Havia levado a fita errada. No vídeo apareceu o Kid vestido de mulher, quando ele foi assistir àquele *show* do Rogério onde só entravam mulheres. Agora o homem ia ter certeza sobre a minha homossexualidade.

– Ah... entendi. O Kid é travesti.

– Não, não é nada disso. Eu me enganei de fita.

– Bonitinho o rapaz. Um pouco peitudo para o meu gosto...

Tirei a fita imediatamente e coloquei a outra. Era uma fita onde eu e o Kid comemorávamos o nosso primeiro recebimento dos chantageados, tomando champanhe no quarto do hotel. Estávamos os dois um pouco bêbados, meio tropeçando um no outro, brindando, nos divertindo. Mas quando a câmera estava nas minhas mãos, dava para ver muito bem o rosto do Kid. A fita terminava num grande abraço, regado a champanhe.

– Que farra, hein?

– É este o homem.

– Ok, deixe as fitas comigo, *man*.

– A primeira, não!

– Claro! E se ele estiver travestido pela noite? Vamos para a outra sala. Vamos falar de *money, man*.

Acertamos o preço, dei metade de entrada "para as primeiras despesas". Ele ficaria de campana na porta do seu prédio e seguiria o Kid "até o inferno".

– E, se necessário for, *man*, saio vestido de mulher. O senhor saberá tudo sobre o seu companheiro antes mesmo do que espera. Um uísque?

Eram dez da manhã. Tive que tomar um Old Eight sem gelo. Voltei para o hotel. Tinha um almoço de chantagem pela frente. Fiquei um pouco preocupado em deixar as fitas com ele. Mal poderia imaginar o que elas iriam significar poucos dias depois. Mal sabia... Atravessei a São João assoviando *Sampa*. Alguma coisa acontecia no meu coração.

Nessa mesma noite o Kid saiu dizendo que ia ao cinema. Da janela do meu quarto, que dava para a avenida, vi o Jota sair da sua portaria. Kid pegou um táxi. Jota pegou outro. Deve ter dito:

– Siga aquele táxi, *man*!

Fui dormir em paz. Jota trabalhava para mim. Onde andaria Kid na calada da noite?, foi meu último pensamento ainda mastigando o mágico Lexotan. Pensei ainda, num derradeiro bocejo: Nicinha, Teka ou a Irmã Catarina?

Sonhei com as três naquela noite. Uma de cada vez, que eu não sou dado a determinadas festas. Sonhei que voltava com a Nicinha e vivia o resto da minha vida tocando a fazenda do pai dela em Getulina, ao lado dos meus três filhos, muito rico. A fazenda parecia aquelas de filme americano, com amplo gramado, mesinhas brancas, guarda-sóis, sucos coloridos, uma vaca – não a Nicinha – mugindo longe. Meus filhos num balanço, loiros no sonho.

Sonhei com a Teka: tínhamos um filho lindo, o Jaminho. E eu passava os dias e as noites contando a minha exemplar vida para ele, que ria, ria muito das minhas histórias. Depois, ainda no mesmo sonho, eu via o meu filho Jaminho, já grande, escrevendo a minha vida, publicando o livro e fazendo sucesso. O livro viraria filme em Hollywood. E José Wilker, especialmente convidado, faria o meu papel.

E sonhei com a primeira noite de sexo com a Irmã Catarina. Apesar de ela já haver abandonado o convento, fiz questão que usasse o antigo uniforme de guerra. Depois rezávamos os quatro juntos. Eu, a Nicinha, a Teka e a Irmã Catarina. Em latim. Nisso entrava o detetive Jota, com as fitas nas mãos, gritando: *gay! gay! gay!*

Acordei sobressaltado. Suava muito. Tomei um banho gelado, apesar de estarmos em outubro. Ouvi a porta do quarto ao lado, do Kid, se abrir e fechar. No relógio ainda molhado: seis da manhã. Fui para a janela e olhei para o prédio em frente. A sala do detetive estava acesa. O homem estava trabalhando bem. Kid ligou o chuveiro no quarto ao lado. Dormi de novo.

Capítulo 28

O troca-troca do Kid

TINHA UM BILHETE debaixo da porta:

"Compareça urgente. J."

Eram dez da manhã. O Jota não devia ter dormido. Tomei outro banho e liguei. Marcamos de almoçar no Almanara, o restaurante. Cheguei, ele já estava. Na área dos fumantes, como seria óbvio. Atrás dele tinha uma mulher linda, usando uma boina escocesa, acompanhada de uma gorda feia.

Sentei-me e ele, sem tirar os olhos do jornal, me estendeu um envelope. Abri, tinha umas quinze fotos. Assustei-me com o que vi.

– O que significa isso?

Ele dobrou o jornal calmamente, fazendo boca de Humphrey Bogart da São João com Ipiranga:

– O seu querido Kid tem outro lar. Sei que é duro, mas não costumo dar voltinhas, *man*. Tá te corneando, *man*.

– Que outro lar, o cacete! Este prédio, esta janela, são do nosso antigo apartamento na Peixoto Gomide.

A mulher bonita, achei, estava olhando para mim, fazendo charminho com a boina.

– Procede. Peixoto com Jaú.

– Mas nós entregamos este apartamento há alguns meses.

– Os maridos são sempre os últimos a saber, *man*. Falei hoje cedo com a imobiliária. Está alugado há um mês em nome dele: Pedro Leopoldo Lima.

Acendi um cigarro enquanto ele devorava o quibe escorrendo limão. Estava pasmo. Havia um mês o Kid estava frequentando, todas as noites, o nosso velho apartamento. Olhei para a mulher de boina, devia ter no máximo uns 30 anos, sorri um pouco nervoso para ela.

Ele limpou a boca com as costas da mão, arrotou.

– E tem mais: veja esta foto com teleobjetiva que eu fiz da janela.

Era inacreditável. O velho Kid, na janela, vestido, mais uma vez, de Margot.

– Alguém entrou ou saiu do apartamento enquanto ele estava lá em cima.

– Não. O porteiro me garantiu que ele não recebe visitas. Saiu às quatro horas da manhã.

– Quatro? Mas ele chegou às seis no hotel. Foi a alguma boate?

– Não fique tão enciumado, *man*.

– Onde ele esteve então?

– Foi ao quartel da Tutoia.

Meu Deus, pensei, o homem endoidou de vez. A mulher era mesmo bonita.

– Quartel? De madrugada?

– Positivo.

– Entrou no quartel?

– Não, o soldado que saiu.

– Você não vai me dizer que o Kid e um soldado raso...

– Por quê? Se fosse um general você não se incomodaria?

A mulher está mesmo me olhando. E o Jota a limpar os dentes com sucção. Tirou uma carninha da boca, olhou, cheirou e colocou de novo na boca. Engoliu.

– Eles fizeram um troca-troca.

– Ali? Na rua? Em frente ao quartel?

– Um troca-troca, sim, senhor. Ele deu uma câmera de vídeo para o soldado e o soldado deu uma metralhadora para ele. Dessas pequenas, *man*. Veja a foto.

O homem era impossível. Tinha fotografado tudo. Ele me olhava com uma certa dó. Ele tinha certeza de que o Kid era meu caso. O mesmo não devia pensar a amiga da gordinha, que agora, pela primeira vez, me deu uma piscada. Pisquei para ela. O detetive sentiu-se ofendido.

– O que é isso? Vai começar a piscar para mim? Qual é a sua, *man*?

Paguei a conta dele, peguei as fotos, fiz um sinal para a moça e saí. Mais uma vez Jota achou que o sinal era para ele.

Eu queria falar com o Kid naquela hora mesmo, antes que ele saísse novamente. Mas a Marjorie – era esse o nome da donzela – foi até o meu apartamento no Cineasta.

Era linda. Mas como falava a Marjorie! Em algumas horas fiquei sabendo que ela tinha vindo do interior para trabalhar de gerente na Arapuã, mas depois conheceu um milionário e foi ser gerente de um cassino clandestino no Morumbi, onde se apaixonou pelo crupiê argentino e foi morar em Córdoba, onde ficou cinco anos e voltou sem fichas, mas com quatro filhos. Abriu um restaurante de churrasco argentino na Mooca, mas não se deu bem e agora estava investindo na Bolsa de Valores. E nos meus bolsos, imaginei quando tive que pagar por aquela tarde. Reclamou muito, dizendo que era pouco, quase brigamos. Foi embora, mas esqueceu a boina xadrez.

Mas me fez bem. Em primeiro lugar, porque fazia tempo que eu não saía do meu esconderijo. E também porque, de tanto conversar com o Jota Cruz, eu já estava chegando a duvidar da minha própria virilidade. Usei camisinhas, é claro. Mal sabia que aquela seria a minha última transa até encontrar-me com a Teka na cadeia, no Carandiru, mais de um ano depois, preso e condenado a 268 anos de reclusão.

Mas com isso o tempo passou e quando eu fui procurar o Kid, ele já havia se mandado. Foi só então que eu me dei conta de que havia deixado as minhas duas fitas de vídeo com o detetive. Tarde demais: o Jota já havia fechado o estabelecimento

Uma metralhadora? Mas o que poderia estar tramando o Kid a essa altura dos acontecimentos?

Resolvi ir até a Peixoto Gomide ver as coisas de perto. Com medo de ser reconhecido pelo Rogério, coloquei a boina xadrez da Marjorie, um bom par de óculos escuros e fui. Antes, falei com o porteiro:

– Se o Kid aparecer aqui, diga para ele não sair e me esperar.

– Pode dexá, doutor. Nem tinha reconhecido o senhor. Mais algum coisa, doutor?

– E se vierem trazer duas fitas de vídeo, por favor, me guarde muito bem guardadas. São do meu trabalho.

– Sim, senhor, doutor James. Dexa cumigo.

Ajeitei a boina e ganhei a rua. Alguma coisa acontece no meu coração.

Fui a pé. Ainda era cedo. Subi toda a Consolação, cruzei a Paulista, desci a Peixoto Gomide. Felizmente os garotos ainda não faziam ponto na esquina. Observei a janela do quarto andar. Luz acesa. Fui até a portaria, de cabeça baixa. O porteiro havia mudado. Me brecou.

– A simpatia vai em que andar?

Odeio a intimidade desses porteiros.

– Quarenta e um.

– Momentinho.

Interfonou:

– Doutor Pedro, está aqui o senhor...

– Lins, James Lins.

– Cumequié?

– James. Jota, a, eme, e, esse. James Lins.

– Tá aqui o seu Jaime Rins.

Desligou. Me olhou cheio de pequenas autoridades.

– Pode subir. À esquerda do elevador.

Kid, meio sem graça, me esperava com a porta do 41 aberta.

– Como foi que você descobriu?

– Não interessa. Quero saber da metralhadora.

– Que metralhadora, James?

– Estou sabendo de tudo. Não se faça de besta, cara!

Entramos. Ele trancou a porta. O apartamento estava completamente vazio. Fui direto para o quarto. A câmera instalada na janela, no tripé. Noutro tripé, uma máquina fotográfica com uma enorme lente teleobjetiva. Uma garrafa de uísque (nacional) no chão. Pela metade.

– O que você pretende fazer, seu idiota?

Pela primeira vez senti firmeza numa fala do Kid.

– Vou matar o Rogério! E os outros também!

Com toda a calma e determinação do mundo, pegou a metralhadora que estava no chão, deu uma engatada digna de um Steve McQueen, olhou no fundo dos meus olhos:

– Algum problema, James?

Capítulo 29

O crime do *playboy* de boina

PEDRO LEOPOLDO, o Kid, me apontava a metralhadora, ameaçadoramente. Pela janela pude ver os garotos do Trianon chegando para mais uma noite de trabalho. Tentei manter a calma, tremendo. Trovões, lá fora.

– Fique calmo, Kid.

– Eu estou calmo, James. Você é que está nervoso. Sei muito bem o que eu vou fazer. Estou planejando tudo há mais de um mês. Em seus mínimos detalhes. Estou muito calmo.

Ajeitei a boina na cabeça e sentei-me no chão, para mostrar tranquilidade, intimidade. Encostei-me na parede. Na minha frente, Kid fez o mesmo. Com a metralhadora no colo.

– O que está acontecendo com você, Kid? Aí com essa metralhadora no colo, dizendo besteiras?

Como uma criança pega fazendo asneiras, ele começou a chorar. No começo um choro pequeno, depois as lágrimas vieram abundantes como a chuva que começava a cair lá fora. Não disse nada. Sabia que dali a pouco ele começaria a falar. Não deu outra.

– Descobri que sou homossexual, James...

E chorava. Lá fora, raios e trovoadas. O que se fala para um amigo numa hora dessas? Parabéns? É a vida, companheiro? Sai dessa, cara? Preferi não falar nada. Ele limpava as lágrimas.

– Desde que eu comecei a editar a fita do Rogério que eu sentia que estava acontecendo alguma coisa diferente. Depois comecei a filmar só ele. Ficava com ciúmes quando ele saía com algum cliente. Uma coisa forte, desagradável. Não, nunca tive nada com ele. Pelo amor de Deus. Sou muito machão de Lins para isso. Por isso que eu vou matar ele e todos os outros. Vou matar todos os viados de São Paulo, James.

– Com isso você não prova nada, Kid. E ainda vai passar o resto da vida na cadeia. E lá você vai ver o que é bom pra tosse...

Ele se levantou e apontou a metralhadora para mim.

– Não, James. Eu não vou ser preso, não. Quem vai para a cadeia é você! Você!

Confesso que não entendi bem aquela afirmação dele. Agora ele estava mais calmo.

– Eu não posso admitir que virei homossexual depois de 50 anos de vida, James. Não posso! Sou homem! Eu sei que sou homem! Por isso que vou matar todos eles. Sou macho, James!

– Calma... Senta, vamos conversar.

Os raios caíam. Clarões.

– E você, James, não vai me impedir de fazer isso. Só assim ficarei em paz com a minha consciência. Por favor, não tente me impedir, pode sobrar pra você também.

– Pense na sua mãe, Kid.

– Mãe? Você se esqueceu que a minha mãe morreu quando a gente estava no ginásio?

– É verdade. Desculpe.

O que dizer, meu Deus?

– Você se lembra, James, quando a gente era moleque lá em Lins e você, que sempre foi mais forte que eu, abusava de mim? Em cima do telhado da sua casa? Dizia que era troca-troca, mas sempre fugia depois?

– Mas isso era brincadeira de criança, Kid. Nem me lembrava mais disso.

– Mas eu nunca me esqueci, James. Lembra um dia que você espremeu casquinha de limão no meu... no meu cu? Lembra? Você acha que eu ia me esquecer disso?

– Mas que bobagem, Kid. Toda criança faz isso.

– Pois agora, James, quando eu comecei a me apaixonar pelo Rogério, tudo isso voltou na minha cabeça. Você é o culpado de tudo. O único culpado. E é por isso que você vai ser condenado pelo crime que eu vou cometer daqui a pouco. Pensei em tudo, James. Você está fodido!

Senti que a barra estava ficando pesada para o meu lado. Ele repetiu:

– Pensei em tudo, José Augusto Magalhães Esteves Soares. Em tudo, seu canalha! Odeio você, James! Odeio!

Levantei-me, demonstrando a mais falsa tranquilidade. Esperava tirar a metralhadora da mão dele. Não podia mais perder tempo. Olhei pela janela. Chovia muito. Uns quinze garotos estavam encostados no muro, para fugir da chuva. O resto da rua estava deserto.

A última imagem que me recordo foi eu olhando pela janela. Kid deu uma coronhada na minha cabeça e eu caí, desmaiado. O que ocorreu depois, deduzi, foi o seguinte:

O Kid tirou a minha roupa e se vestiu com ela. Colocou inclusive os meus óculos escuros, a minha boina xadrez. Desceu com a metralhadora enrolada num saco de lixo, passou pela portaria de cabeça baixa, ganhou a rua, atravessou a Peixoto Gomide e, disse depois o laudo técnico, deu quatro mortais rajadas de metralhadora, cujos sons foram amortecidos pelos raios e trovões que caíam. Nenhum dos garotos escapou. Apenas um cliente viu a cena, saberia depois no Tribunal. O cliente, anteriormente plantado ali, era ninguém mais ninguém menos que J. Cruz, o detetive particular, soube também no meu julgamento.

Pedro Leopoldo ainda teve a coragem de ir se certificar de que havia matado os meninos, principalmente o Rogério.

O sangue descia pela enxurrada da Peixoto Gomide. Pelo menos dez tiros em cada garoto. Uma chacina jamais vista em São Paulo.

Pedro Leopoldo voltou para o apartamento, encharcado, passou novamente pela portaria com a metralhadora na mão, cumprimentou o porteiro com a cabeça baixa, subiu, tirou a roupa, me vestiu novamente, tendo o cuidado até de ajeitar a boina na minha cabeça. Vestiu a sua roupa de Margot, desceu, cumprimentou novamente o porteiro. Na rua já estava o maior bafafá. Carros da polícia chegando. Sirenes de ambulância. Margot ainda teve a cara de pau de ir olhar os mortos. E ainda fez um sinal da cruz.

Em menos de 15 minutos, os policiais arrombaram a porta do apartamento junto com o porteiro. Acordei com um balde de água na cara, todo molhado, sem entender nada, com o porteiro com o dedo na minha cara:

– Foi ele!

Debaixo do meu corpo, a metralhadora que havia sido acionada com as luvas da Margot. Eu estava preso.

Pedro Leopoldo, ou melhor, Margot, foi para uma boate gay, onde logo depois chegou J. Cruz. Jota, antes, dera um primeiro depoimento aos policiais confirmando a minha roupa e a minha boina. Os dois haviam se unido contra mim, quando Jota descobriu que eu e o Pedro Leopoldo tínhamos mais de 800 mil dólares no Banco Unión de Montevidéu. Brindaram à minha prisão.

No dia seguinte, o doutor Jorge Varela foi me visitar na quarta delegacia. Contei toda a história para ele. A primeira coisa que me disse foi que o J. Cruz tinha duas fitas de vídeo que me denunciavam como homossexual. Eles tinham pensado em tudo. Se eu falasse qualquer coisa, no mínimo essas fitas passariam no programa do Ratinho.

Passar por homossexual, jamais! O que diriam os meus filhos? Prefiro passar para a história como assassino machão. O doutor Varela não concordava com a minha posição. Mas eu não recuei. Um dia provaria a minha inocência. Vocês, mais jovens, não podem imaginar o que significa para uma pessoa da minha geração, com aquela formação salesiana cristã-cidental, que eu tanto contei aqui para vocês, ser tachado de viado. É o fim do mundo. Tudo, menos isso. E o Pedro Leopoldo e o J. Cruz sabiam muito bem disso. Bandidos!

Mais um dia se passou. O porteiro do meu hotel confirmou que eu havia saído com a boina xadrez e a roupa do crime. A boina iria para o tribunal.

Nesse mesmo dia, Pedro Leopoldo e J. Cruz pegaram o voo da Pluna para o Uruguai. Soube depois que passaram um mês em Punta del Este comendo e bebendo do bom e do melhor. E eu, na cela, pensando se assumia o crime e limpava a minha reputação de homem, ou contasse a verdade, passando por homossexual. Vocês sabem a posição que eu iria assumir.

Meu amigo: não posso deixar agora de agradecer, publicamente, o espaço que você me deu aqui no Estadão, *para poder contar as minhas histórias (algumas mentirinhas de brincadeira, outras verdadeiras e profundas) e poder tentar provar a minha inocência. Apesar de havermos (está certo esse termo?) brigado um pouco durante o trabalho, não posso deixar de oferecer para você este espaço, para que V. S. termine a minissérie que tão bem começou. Sei que você conhece o final da história e não vai me sacanear. E sei também que foi por imaginar a verdade que se interessou em contá-la. Os leitores que nos julguem.*

P.S. – 1 – Se quiser, posso colocar as vírgulas para você. Aprendi, finalmente.

P.S. – 2 – E diga aos diretores do jornal que, se eles quiserem, poderei fazer outra minissérie, mostrando os textos do meu diário "íntimo". Coisas que nem você sabe.

Capítulo 30

Novos planos

APENAS DUAS COISAS o James Lins esqueceu-se de contar no capítulo passado. Primeiro que, quando o Pedro Leopoldo voltou a colocar nele a roupa do crime, pegou a garrafa de uísque nacional e derrubou pela garganta dele. E a segunda, que James só ficaria sabendo no julgamento, é que o Pedro Leopoldo havia deixado a filmadora ligada. Todo o crime foi filmado, gravado, a cores, com o James Lins de costas para a câmera o tempo todo ou, pelo menos, a roupa dele e a maldita e denunciadora boina xadrez, metralhando a garotada. Esse vídeo foi fundamental para a condenação de James Lins. Passou em todas as televisões do país.

Durante todo o julgamento, James Lins não disse uma só palavra. Mas, como dizia dona Lila, sua octogenária mãe, no final:

– Meu filho é inocente! Meu filho é inocente!

E era.

No primeiro julgamento, depuseram contra ele o porteiro do apartamento da Peixoto Gomide, o porteiro do Cineasta Hotel; J. Cruz (que tinha em mãos as fitas comprometedoras); Pedro Leopoldo, que jurou friamente que James sempre tivera a chave do famoso apartamento; Marjorie Benfatti, aquela da boina, entre outros. James ficou decididamente calado. Sabia que um dia toda a verdade viria à tona. E veio.

Fui encontrar-me com James, nesta semana, juntamente com o doutor Jorge Varela, no interior de São Paulo. Onde mais poderia estar o nosso herói? James esteve, durante as últimas semanas em que escrevia os capítulos, em Lins, mudando-se constantemente de casa em casa, de fazenda em fazenda. A cidade o protegeu com o mesmo carinho que ele dedica à cidade. James pediu que eu agradeça às pessoas que o "hospedaram": Quim Janeiro, Ribinhas, Sérgio da Milma, Alcyr Fernandes, Alicio Mendes, Cyro Penteado, doutor Rames, Luís Garavello, vereador Bonifácio Urel, padre Júlio, dona Conceição Alexandrino dos Santos, toda a família Junqueira e o arquiteto Luiz Prudêncio da Silva. E o Bosco.

Pedro Leopoldo foi preso num hotel de terceira categoria em São Paulo, sem apresentar nenhuma resistência e confessando tudo, conforme vocês já devem ter lido pelos jornais desta semana. Seu comparsa, J. Cruz, o detetive particular, deu o golpe nele, Kid, deixando-o apenas com o velho táxi, um Fusca 71. Jota deve estar na Europa, com todos os dólares de James Lins. James, por sua vez, irá aguardar o segundo julgamento em liberdade. Mas a sua inocência está mais que provada.

James, antes de voltarmos para São Paulo, fez questão de fazer duas visitas em Lins. A primeira para a esposa Nicinha e seus três filhos. Foi muito emocionante o encontro com os filhos, que sempre acreditaram na inocência do pai, na fazenda milionária do sogro. Depois as crianças saíram e ele ficou a sós com a Nicinha. Segundo ele me disse:

"No começo a gente discutiu feio, depois foram pratos e vasos que voaram pela casa. Quebramos quase todos os presentes de casamento. Depois nos atracamos fisicamente, voou porrada pra tudo quanto foi lado, até que caímos no chão do banheiro e ali fizemos amor como nunca havíamos feito até então. Depois, suada e feliz, ela me confessou que foi a primeira vez que ela teve um orgasmo completo na vida.

"Sabedor disso, tive a obrigação de satisfazê-la mais algumas vezes, cada vez num cômodo da casa. E olha que a casa é grande, hein? Antes de sair, vendo todo aquele gado espalhado pela esplanada de Getulina, prometi amor eterno para a Nicinha. E ela acreditou, é claro."

Depois foi para a casa da Teka, para matar dois coelhos: sua mãe, dona Lila, bem mais magra e abatida, e Teka, bem mais gorda e feliz:

"Assisti ao *Fantástico* com as duas. Uma de cada lado. As duas não paravam de chorar. Depois do *Fantástico* a minha mãe se tocou e foi para a igreja de Santo Antônio rezar a sua novena e me deixou sozinho com a Teka. Dessa vez tivemos cama e tempo suficiente para matar as saudades do coração e do físico. Mamãe chegou bem tarde, com todas as orações a meu favor. E a Salve-Rainha da minha mãe não falha. Rezou pela minha absolvição e pelo meu futuro filho no ventre (expressão da minha mãe) da Teka. Antes de sair, vendo nosso filho chutando a barriga dela, prometi amor eterno para a Teka. E ela acreditou, é claro."

Na viagem de volta, no Subaru do Estevam Beozzo, também linense, o James só falava de uma pessoa: Irmã Catarina, a virgem.

Chegando a São Paulo, fomos para o flat Saint Paul, na rua Batatais, onde o Beozzo havia preparado uma surpresa para o James Lins, depois de tomarmos um champanhe pela vitória e pelos seus 52 anos completados no dia 11 de fevereiro: a Irmã Catarina estava hospedada num dos maravilhosos apartamentos do flat. O Beozzo deu a chave do 41 para ele (o mesmo número do prédio da Peixoto Gomide) e disse:

– Vai lá que tem uma pessoa te esperando.

James, sem saber de quem se tratava, foi até o quarto, mas achou prudente tocar a campainha antes. Uma voz de mulher dengosa respondeu lá dentro:

– Está aberta.

James abriu a porta. Nunca tinha visto a Irmã Catarina daquele jeito. Estava sem óculos e havia soltado o cabelo loiro. A calça Lee se ajustava ao seu corpo antes dedicado apenas a Cristo. Um bustiê justo realçava o resto. James ficou na porta, boquiaberto. Fechou a porta. Não falaram nada. Apenas aquele olho no olho e um abraço forte, depois um beijo, com o qual James quase arrancou o lábio inferior dela. Irmã Catarina abriu a bolsa e tirou uma caixinha com três preservativos. James pensou que ia ser muito para ele, mas disse apenas uma frase:

– Coloque o hábito.

Ela foi para o quarto, James entrou na cozinha, preparou um uísque para ele e cerveja para a Irmã Catarina, a freira que bebe. E me jurou que, enquanto dava o primeiro gole no uísque, rezou um Pai-Nosso, em latim, pedindo a proteção divina para o sacramento que estava prestes a ser consagrado. E mais não me contou.

No apartamento do Beozzo, alguns andares acima, o doutor Jorge Varela nos contou que a Interpol estava à caça do detetive particular J. Cruz por toda a Europa. Era questão de dias, horas talvez. Varela fazia questão de reaver as gravações que poderiam depor socialmente contra o seu mais famoso cliente.

Duas horas da manhã, volta o James Lins todo amarrotado, esfolado, despenteado, suado. Em menos de 24 horas ele tinha dado todo o amor possível às suas três mulheres. Pediu que abríssemos mais um champanhe.

– Foi uma luta... – balbuciou, enquanto o Beozzo ligava para a portaria pedindo mais um champanhe.

E os amigos de Lins já haviam chegado: Airton Soares, Gutão, Jairo e Lilinha, Maria Lúcia, Clarissa, Minduim, Leonel, Bonas, Sérgio Antunes, Sérgio Boaventura, Menezinho. E mais, muito mais, como diria o colunista social linense Mário Alberto. A farra foi até as seis da manhã. James voltou para o quarto da ex-Irmã Catarina, disposto a pecar mais uma (ou mais) vez(es) contra a castidade.

Mas, antes de sair, me disse misteriosamente:

– Estou com uma ideia fabulosa na cabeça.

Este livro foi composto em Chaparral Pro
para a Editora Planeta do Brasil
em janeiro de 2013.